Nona · 露娜

　　嗨，大家好，我是Nona露娜！從荷蘭遠道而來的瑪蓮萊犬，除暴安良、伸張正義是我犬生的目標！汪汪！香港奧運馬術保安工作已經展開，我當然不可或缺啦，不過，警隊裏年輕有為的新紮師弟妹們已開始展露頭角，我是不是要考慮功成身退了？這個問題我還要慎重考慮考慮，現在先讓我介紹這次保安工作的得力幹將們吧！

Epson · 阿爽

　　各位觀眾，瑪蓮萊犬家族最優秀的警犬之一，我露娜的兒子——Epson阿爽出場啦！阿爽生性聰明，身手敏捷，個性活潑，可謂全科警犬，是搜爆組的一顆耀目新星，更肩負着香港奧運馬術保安工作的重要使命！嘿嘿，不是我自誇，露娜出品，必屬佳品吧？

Baggio · 巴治奧

接下來亮相的，是警犬隊的後起之秀——Baggio巴治奧，自命大巴，人稱小巴，綽號「花臉小巴」！關於綽號的由來，呃，我不好意思説啦！小巴是瑪蓮萊犬，巡邏、捉賊、防暴樣樣皆能，喜歡玩跳繩遊戲，自創一首「跳繩歌」，真可謂文武全才啊！

Epson · 阿爽

Baggio · 巴治奧

　　傻憨純情小子阿爽和衝鋒幹將小巴在警犬學校就是同班同學，加入警犬隊後，據我露娜的觀察，因為兩犬「臭味相投」，繼而又成為了警隊好友！在搜爆方面表現突出的他們，加入奧運馬術保安工作，與下面將要出場的Jeffrey綽飛組成「搜爆三犬子」，負起重擔。後生可畏啊，看來我這個老……不不不，是經驗豐富的前輩更要加把勁了！

Jeffrey · 綽飛

　　「搜爆三犬子」實力幹將Jeffrey綽飛登場了！自命警犬隊搜爆一哥的他，是一頭史賓格犬，好勝心強，嫉忌心重，為犬狡猾，視阿爽和小巴為強而有力的競爭對手。拜外號「大飛」的他所賜，阿爽險些失去加入警犬隊的機會。總之，各位警犬隊的同事請注意，這是一頭需要小心防備，重點關注的「同伴好友」！

Max · 麥屎

MAX

　　我親密的伴侶，我們一起從荷蘭來香港受訓，經過長期友好的相處，現在已是有情犬終成眷屬了！汪汪，並且我們已經有十四個BB啦！不過，最近Max麥屎有點沮喪，能夠獨當一面的他與奧馬保安工作失之交臂，這讓他懊惱不已呢。原因當然不是因為他的年紀和工作能力啦！

Tyson · 泰臣

TYSON

這是Tyson泰臣，別再靠近他了！小心他咬你啊！他是典型的洛威拿犬，「地盤」意識很強，會毫不猶豫地攻擊所有入侵者！自向我求愛不遂，看着我和麥屎結婚，便一直耿耿於懷，時常出言諷刺挑釁。我的對策是：遠離泰臣，拒絕非必要接觸！

Dyan · 阿歹

　　這位是警隊裏的狼犬老大姐Dyan阿歹。阿歹常常恃着自己是警隊中狼犬的老大姐，就瞧不起其他犬，尤其是我們瑪蓮萊犬！哼！狼犬有什麼了不起的，我們瑪蓮萊犬以實力證明自身價值！

　　大家已經認識了我們一班特警，是否覺得我們既可愛又威風凜凜呢？現在就跟我們一起且看「搜爆三犬子」，如何擔負起保衛香港奧運保安工作的精彩故事吧……

特警部隊 3
新修訂版

搜爆三犬子

孫慧玲　著

新雅文化事業有限公司
www.sunya.com.hk

特警部隊 3（新修訂版）

搜爆三犬子

作　　者：孫慧玲
繪　　圖：陳焯嘉
責任編輯：曹文姬　潘曉華
美術設計：李成宇　蔡學彰
出　　版：新雅文化事業有限公司
　　　　　香港英皇道499號北角工業大廈18樓
　　　　　電話：(852) 2138 7998
　　　　　傳真：(852) 2597 4003
　　　　　網址：http://www.sunya.com.hk
　　　　　電郵：marketing@sunya.com.hk
發　　行：香港聯合書刊物流有限公司
　　　　　香港荃灣德士古道220-248號荃灣工業中心16樓
　　　　　電話：(852) 2150 2100
　　　　　傳真：(852) 2407 3062
　　　　　電郵：info@suplogistics.com.hk
印　　刷：美雅印刷製本有限公司
　　　　　九龍觀塘榮業街6號海濱工業大廈4字樓A室
版　　次：二〇二一年二月初版

ISBN: 978-962-08-7658-5

序

　　當孫慧玲女士邀請我為此書寫序時,我一口應承,因為這本書以警犬為主題,而我跟警犬有一段很深的淵源。

　　擔任保安局局長期間,我曾參觀過警隊警犬組以了解其運作,包括訓練、配種、服役的安排等,明白到警犬的工作涉及巡邏、緝毒、阻嚇罪犯及偷渡者等範疇,實在不容小覷。

　　除了工作,我私下亦與警犬相處過一段日子。出任入境處處長及保安局局長期間,我住在九龍東飛鵝山的獨立屋。該區地處偏僻,不時有非法入境者及蛇匪出沒,而我家面積相當大,保安有一定困難,故亦曾遭蛇匪「光顧」。當時的警務處處長、已故的許淇安先生建議我申請領養兩頭退役警犬,以加強我家的保安。經香港警隊訓練的德國狼犬十分聰明醒目,服從性很強,只是牠們先天後腿容易受傷。牠們在香港巡邏,經常走石屎地,故往往年紀未老便因後腿傷患而要退役,但牠們整體上仍很健康,所以,只要居住環境適合警犬生活,警隊向來很歡迎市民收留退役警犬。

　　我當年收養一男一女共兩頭退役警犬——Josh 和 Joy。還記得,負責照顧牠們的警務人員送行時依依不捨,耐心教導我家菲傭如何照顧牠們,亦為警犬找到好主人而欣慰。搬到我家後,Josh 和 Joy 各據一方,分別駐守於屋前和屋後,所以我會定期為牠們轉換崗位,讓牠們輪流享受屋前的海景!

　　Josh 和 Joy 很有活力,與牠們一起行山,有時感覺很

威風，有時卻很狼狽，因為牠們太活躍，總是到處跑。另外，由於久經訓練，牠們一見到穿制服的人來訪，便會提起前腿敬禮，十分可愛。在九十年代末，我的上班時間較長，故與牠們最親密的是當時只有十多歲的女兒 Cynthia；她可說成為了家中的領犬員，最愛帶牠們到花園玩或行山。當我們搬離飛鵝山，要與 Josh 和 Joy 別離時，最難過最失望的就是 Cynthia。

狗的確是人類最好的朋友，尤其是受過訓練的警犬，既善解人意又順從。自從 Josh 和 Joy 出現後，我家再沒有蛇匪出現，牠們亦成為我女兒孩提時的玩伴。警犬對香港實在貢獻良多，希望今後有更多香港市民願意申請領養退休警犬，給予牠們好歸宿。

葉劉淑儀
香港立法會議員
前保安局局長
（寫於 2010 年）

忠僕的頌歌

魔警事件深感歎

二零零六，甲戌年，屬狗的一年，發生了「魔警」徐步高用極其殘酷的手段殺害兩名同僚的駭人事件，全港傳媒多天來鋪天蓋地報道、渲染，引起全城紛紛議論，甚至抨擊香港警察的素質，懷疑香港警隊的能力，當然，樹大有枯枝，即使一個家庭，也會出敗家子，但我覺得，在香港生活，不失安全感，全因香港治安好，就是因為香港警察素質高，忠於職守，於是，促使我以懇摯的心，開始寫警察的故事，《特警部隊》系列小說的第一本在二零零七年出版，至今一共六本。

警犬情深智仁勇

我跟許多兒童一樣，喜愛動物，寫警察故事，我選擇了警犬，來讓少年兒童從警犬的故事中，認識警犬，也從而了解警察的工作。那種危險、那種艱辛，在那種全情投入，與賊匪對峙，奮不顧身的徵惡懲奸中，看到不論是人，或是警犬，都能夠堅守正義，盡忠職守，滿身散發殲滅罪行的鬥志和勇氣，有與罪惡誓不兩立的使命感！人和犬，心靈相通，互相關心，彼此扶持，忠誠相待，愛意永在，真教人動容。

《特警部隊》中每一個故事，都有其真實性，在搜集故事資料和撰寫故事時，我的內心起伏不已。警犬天性忠誠，勇毅不屈，叫人敬佩；牠們警覺性超凡，利用特有的敏銳聽覺和嗅覺，尖銳的犬牙和嘹亮的吠聲，使賊匪俯首就擒，叫人驚訝；牠們辦案時而機智百出，引來掌聲，但也時而犯錯誤，惹來指摘，牠們的際遇，跟人類一樣，有高低起伏，升沉進退，叫人感慨。同時，警察故事，離不開罪惡，挖得越深，便越驚心動魄，繁華底下的黑暗面，能不令人震慄，使人惆悵？

精彩系列用意深

　　《特警部隊》系列小說，一共六本：

　　1.《走進人間道》，寫警隊引進警犬，警犬學校的嚴格訓練，警犬在學習中表現的聰明，在考核中表現的英勇，警犬對領犬員，初相拒，後相隨，到推心置腹，合作無間的關係，妙趣橫生；

　　2.《伙記出更》，寫警犬初出道執勤的怯懦憨態，洋相百出，在對付變態刀片人、偷渡者、飛仔等實戰中提升了信心，增強了能力，過程使人發噱；

　　3.《搜爆三犬子》，寫警犬在奧運馬術比賽期間執行反恐保安工作的險象橫生和慘中陷阱，犬和犬之間尚且充滿陰謀詭計，更何況是人？故事可謂出人意表；

　　4.《緝毒猛犬》，寫犬有忠犬有惡狗，人有好人跟壞人，表面看似不可能犯罪的人，實際卻是可怖的大毒梟，叫人防不勝防，真箇忠奸難辨，人心叵測；

5.《少女的「秘密」》，集中揭示少女犯罪的種種情形和問題的嚴重性，少女是未來的媽媽，她們的思想行為絕對影響社會、國家的發展，是值得擔心的大危機；

6.《男孩的第一滴淚》，則將焦點放在探討少年的內心，少年鋌而走險，掙扎成長，他們的人生和內心，充滿迫逼與無奈，他們還有出路嗎？還有將來嗎？但願少年們都能在成長的挫折中見光明。

少年英雄跨三代

香港警犬，自小入伍，表現優秀的多不勝數，屢屢獲獎亦大不乏犬。我們看到牠們的忠誠可靠，英勇立功，但牠們心中的歡樂哀傷，恩怨情仇，我們又知道多少？能夠認識這些故事中的警犬，是我和你們的榮幸。

《特警部隊》系列中的香港警犬隊，橫跨三代：

第一代有精明機智的 Nona 露娜、穩重成熟的 Max 麥屎、英俊多情的 Rex 力士、憨厚害羞的 Jacky 積仔、善妒暴躁的 Tyson 泰臣、怯懦畏縮的 Lord 囉友、熱情敏銳的 Bo Bo 阿寶、高傲自恃的 Dyan 阿歹、改邪歸正的 Hilton 希爾頓；

第二代有 Nona 露娜的頑皮仔 Epson 阿爽、好動愛色 Baggio 巴治奧、王牌搜神 Coby 高比、嚴謹女神 Connie 康妮、嬌嗲公主 Antje 安琪、陰險毒辣 Jeffrey 綽飛；

第三代有「黑煞三王子」：三頭黑金剛，包括勇猛善戰 Tango 彈高、不怒而威 Owen 奧雲、剛柔活潑 Lok Lok 樂樂等，當然還有 Antje 安琪所生的幼犬……

故事串連停不了

　　數一數，竟有近二十頭之多，牠們就像人一樣，各有各的性格和所長，各有各的際遇和故事，我就以香港警隊從荷蘭引入的第一代瑪蓮萊犬 Nona 露娜做主線，用牠洞悉一切的靈慧犬眼看世情，串連牠和其他同僚驚險刺激的執勤際遇、艱苦準確的訓練和考驗，日常相處的趣事瘀事等，刻畫每一頭警犬獨特的性格、情緒、成長及面對考驗的種種，讓讀者看出趣味，也思考成長，思考社會。

衷心感謝好因緣

　　在此，謹以摯誠的心再多謝香港警犬隊前高級督察吳國榮先生，有他的協助和指導，我才能寫成這系列小說。寫到最後，故事中第一代的警犬都退休了，吳督察也退休了，而我，也從香港大學教師的崗位上退了下來，我們正在開展更豐盛多姿的人生階段，繼續以最大努力回饋社會，但願普天下成年人慈悲為懷，淨化社會，共建安祥和平，讓兒童都能夠健康快樂的成長。

　　《特警部隊》系列小說，得前香港警務處長鄧竟成先生、警犬隊前高級督察吳國榮先生、立法會議員葉劉淑儀女士、前立法會主席曾鈺成先生、著名兒童文學前輩阿濃先生賞識賜序，再謹此致謝。在此，也要多謝新雅文化事業有限公司前董事總經理朱素貞女士支持、前副總編輯何小書女士督成、前編輯部經理甄艷慈女士費心，這系列六本警犬小說才得以出版，並得到讀者喜愛。而今年因得董事總經理兼總編輯尹惠玲女士賞識得以修訂再出版，謹此致以深摯謝意。

孫慧玲

（2021 年修訂）

目錄

序　幕

　　從來，狗兒就是人類的忠心朋友，尤其是工作犬，對執行工作，唯命是從，毫不馬虎。

　　而我們警犬，與領犬員並肩作戰，出生入死，對付犯罪分子，絕不手軟。

　　無論奉命執行什麼任務，都絕不退縮，即使是反恐怖襲擊行動、面對炸彈威脅！

　　校場上，警犬老爸宣布：

　　「這是最艱難的考驗，也是最光榮的時刻。只有通過艱難的考驗，才能承擔艱辛的任務，感受那種無上的光榮！今天，我們被委以保護奧運馬術安全的任務，你們誰想接受這個任務？」

　　校場上，警犬羣集，翹首以待，犬犬不假思索，立即回應：

　　「汪汪，我！」

　　「汪汪，我去！我去！」

第一章　空中的血路

「我能夠參與這個任務就好了！」

「負責這個任務，誰能夠比我做得更好？」

「哼，你以為自己是什麼傢伙？敢在我面前汪汪汪？！」

說話的是我的十三少，警犬新星 Epson 阿爽，還有新紮師兄 Baggio 巴治奧和天生搜爆狂 Jeffrey 綽飛。

中國取得籌辦奧林匹克運動會的殊榮，這是中國的第一次！

香港成為奧運馬術比賽之都，這是香港的第一次！

消息傳來時，警犬隊每一位兄弟姊妹，跟我們的領犬員一樣興奮，感到無上的光榮，都想得到參與奧運保安工作的殊榮。我 Nona 露娜，當然不例外，更何況我是警犬老爸的心愛門生——警犬隊第一代瑪蓮萊犬。

我們瑪蓮萊犬，幾年前由警犬老爸從荷蘭引入香港，我們一定要做點大事，才能在警犬隊中站穩陣腳，

樹立地位，不被表哥的表哥狼犬和驕傲跋扈的洛威拿同袍輕視。

可惜，我的伴侶 Max 麥屎沒有被編入奧馬保安工作隊，為此，Max 麥屎一直悶悶不樂。

「Nona，你說，為什麼警犬老爸寧願到處招攬輔警犬培訓也不要我？」

這也難怪，Max 麥屎一直是警犬隊的老大哥，這麼重要的任務，他沒份參與，自然聯想到自己一哥地位不保。其實，我後來聽警犬老爸說，Max 麥屎的領犬員通 sir 有腰傷，身體欠佳，不能長時間地站立和行走，所以不能參與繁重緊張的奧運馬術比賽的保安工作，和 Max 麥屎的年紀與工作能力無關。

我安慰他說：

「Max，奧馬保安以外，還有整個香港的治安工作，要辛苦你了。」

「哼，哼，奧馬保安，就憑你瑪蓮萊傢伙，奧馬保安，就憑你瑪蓮萊傢伙，我吥！我吥！」Tyson 泰臣＊插嘴道。

還記得老是神經兮兮，說話總要疊句重複的德國

＊有關 *Tyson* 泰臣的故事，請看《特警部隊 1．走進人間道》。

洛威拿犬 Tyson 泰臣嗎？他自從向我求愛不遂，又看着我和心中至愛的 Max 麥屎結婚，便一直表現得極不友善，對我們就是看不順眼，一有機會便出言譏諷挑釁。洛威拿犬天性戰鬥力強，敢愛敢恨，對主人忠心耿耿，對同伴愛恨分明，不是愛就是恨，沒有不愛不恨。對我，他因愛成恨，我無話可說，也不想跟他糾纏、磨蹭*。

事實上，警犬工作繁重，而且，我還做了媽媽，生了十四頭小犬，生活實在太忙碌，忙於餵哺，忙於瘦身，忙於再受培訓，真的沒有時間應酬這個心理不正常，言行古怪的獨孤男。

一胎生十四頭小犬，很多嗎？

噢，不多不多，最近，法國諾曼第便有頭長耳狗，更一次便生下十九頭小犬！

一窩十四頭小犬，同一個媽媽，吃同一個母體的奶，可是個性卻不一樣，我 Nona 露娜做媽媽的，清楚知道自己的十四個孩子，他們跟人類的孩子一樣，各有性格：有的霸道強悍，脾氣倔強，不易認輸，時常處於戰鬥狀態，露牙齜齒一副兇相，一看就知是強

*有關 Nona 露娜的愛情故事，請看《特警部隊 2．伙記出更》。

悍匪徒剋星；有的情感外露，性格衝動，易發脾氣，做事容易出錯，是正牌躁星；有的沉靜溫和，與世無爭，逆來順受，適宜做狗醫生狗教授多於和罪犯們搏鬥，是忍者小靈精；有的樣貌敦厚，性格內向被動，沒有大志，做事又不勤快，但卻老自覺受忽略，是牢騷精；有的天生嘈吵，常是失控咆哮，是吵精；有的愚鈍，智商好像有問題，是笨星⋯⋯

最可愛的是十四犬小 B，樣子很 BB，走路總是左搖右擺，傻乎乎的，不像警察；他最愛昆蟲，說想當紅火蟻偵測犬云云，是蟲精。

表現最突出的是十三少 Epson 阿爽，是警犬老爸的至愛孫子，說他是年青新星。

他犬如其名，率直爽朗，個性寬懷，不會害人，很聰明活潑，學習能力極高，尤其是辨別火藥，搜尋爆炸品，一學就曉，除了一次，幾乎從不出錯，做好了事情，他還會獎自己一個字──「爽！」，是百厭反斗星，正牌玩星。

只是他太愛搗蛋，超級頑皮，他有條 happy tail 快樂尾巴，老愛左擺右拍，搖個不停，所以常常無意地嘭的撞到牆上，啪的拍到磚頭上，噠的碰到樹幹上，導致受傷，尾巴斷了，弄至關節也碎了，變了爛尾，

被切短了，成了短尾犬。他又專注力不夠集中，是頂級闖禍少年，叫人擔心。幸好他生性樂觀，常常面帶笑容，是個天生外交家，又是天生搗蛋童星，演技到家，闖禍之後，自會主動 salute，敬禮道歉，收拾殘局，叫警犬隊的兄弟無可奈何*。

有我的事先透露消息，加上他的聰明伶俐，Epson 阿爽輕易通過「追捕疑犯」、「和領犬員捉迷藏」等出關試。

這一天，領犬員球 Sir 奉命帶 Epson 阿爽上街作處女巡邏。我很早就已經告訴他有關街道上的恐怖故事*，Epson 阿爽早有心理準備，但他始終是頑皮小孩，無法控制地表現得興奮莫名，況且，這是他的第一次嘛！

「過馬路尤其要小心，香港人多車多，許多司機魯莽駕駛，記得緊貼着球 Sir 大腿行走。」我囑咐他道，就怕小孩子貪玩忘形。

「媽媽，馬路為什麼叫馬路，不叫人路、犬路？」

唉，這小子，就是問題多多，叫你窮於應付。不

---

*有關 Epson 阿爽斷尾巴的悲慘故事，請看《特警部隊 2．伙記出更》。
*有關出關試和 Nona 露娜第一次上街的故事，請看《特警部隊 1．走進人間道》。

過聽説，聰明的小孩子都是每事必問的，我們做家長的要高興才是。

下班時間，路上人流特別旺。一路上，Epson 阿爽感覺到許多許多肥肉瘦肉震動穿插，人肉震顫器的頻率高得令他心情緊張，肌肉繃緊。

「汪汪，紅色胖矮子！你叫人們走慢點好嗎？」Epson 阿爽衝着街上紅色消防栓吠叫。

「Epson，QUIET ！」球 Sir 對 Epson 阿爽説。

「汪汪，咳咳，臭妖怪！邱騰華*不是説要你們到人流較疏的角落去嗎？」

Epson 阿爽被那些煙灰缸垃圾桶的臭味嗆得直咳嗽。球 Sir 扯索勒喉，哈！竟然為他止了咳。

在斑馬線前等候過馬路時，Epson 阿爽又吠叫了：

「汪汪，哇哇，紅綠怪眼高黑瘦個子，你達達達達達怪響什麼呀你？」斑馬線前，紅綠燈對這被嚇得緊張兮兮的小子不理不睬。

「Epson，SIT ！」球 Sir 沒好氣，下令 Epson 阿爽坐下來，讓他好好習慣行人過路燈。

忽然，Epson 阿爽眼前一亮，頓時輕鬆下來。

*邱騰華：時任香港環境局局長。

「汪汪，喂，你好嗎？你很漂亮耶！」説時，尾巴就是一股勁地搖，向迎面而來的貴婦狗釋放熱情。

貴婦狗天生高傲，對七分似唐狗三分似狼狗的瑪蓮萊犬當然不屑一顧。

「汪汪，喂呀，我叫你呢，你聽得見嗎？做個朋友好嗎？」Epson 阿爽咧嘴傻笑，口水直流，尾巴搖得更起勁了。

領犬員球 Sir 見狀，心中暗笑，一緊犬索，示意 Epson 阿爽檢點，他知道，「愛追女仔」是 Epson 阿爽的「死症」。

「咳，波仔，想勒死我麼？咳咳。」這小子，興奮得有點語無倫次了，竟然喚球 Sir 做波仔。

人家貴婦狗小姐剛從寵物美容院出來，燙了個鬆鬈新髮型，噴了狗香水，戴着鑲上閃亮水晶的斑馬紋頸帶，腰上圍着圓點小裙晚裝，腳蹬簇新的小紅鞋，對來自新界沙嶺的鄉下仔警犬又怎看得上眼？她昂首挺胸，搖着小屁股，「得得得得」踏着小步，眼尾也沒瞧 Epson 阿爽一眼，Epson 阿爽卻像失了魂魄似的傻癡兮兮地跟着人家。

貴婦狗小姐發怒了，轉過身，「汪汪汪汪汪汪」，歇斯底里地尖叫。

　　跟貴婦狗小姐燙了一樣髮型，穿着一樣紅鞋和圓點小裙加黑色緊身單車褲的胖主人生氣了，大聲指着球 Sir 罵道：

　　「阿～ Sir ～管好你隻狗～啦！」

　　哇，好兇！

　　Epson 阿爽被嚇得退後一步，狂吞口涎，球 Sir 無故被罵，生氣了，手上犬索一緊，把 Epson 阿爽扯住。

　　「Epson，MOVE ！」球 Sir 下令說，心中悻悻然地想道：回去看我怎樣再「培訓」你！

　　Epson 阿爽知道自己闖了禍，犯了「不要騷擾市民」的戒條，立即對着球 Sir 重施慣伎：側起頭，用掌掩着一邊臉孔，扮一個垂頭耷耳灰溜溜的表情。

　　「汪汪，Sorry 囉，對不起囉，不好意思囉，下次不敢囉！」

　　這是他每次闖禍碰釘做錯事後的特定演出，用來博取球 Sir 的同情和原諒，他天生有演戲特技，沒有人，也沒有犬教他。事實上，他那一個「cute cute」的天真無邪樣子，也真叫你不忍心苛責。

　　時近午夜，Epson 阿爽跟球 Sir 休息後再出勤，巡邏至旺角一條橫街，已經是今天工作的尾聲，還有十分鐘，便到達旺角警署，可以下班了。

旺角一向是罪惡特區，什麼事都可能發生，旺角「行 beat*」，分秒都得「打醒十二分精神」。

「喂，Epson，雖然快要下班了，仍然要 ALERT，提高警覺！知道嗎？」球 Sir 對 Epson 阿爽說，估計也是提醒自己吧。

深夜，是流浪畜牲的世界，街上的貓貓狗狗老鼠蟑螂，也不怕人，隨意蹓躂。迎面來了一個「生滋」的傢伙，毛脫肉爛，發出惡臭，叫誰也得退避三舍。

「喂，我是 CID，Nona，這是我的地盤，走開！」

上次我 Nona 露娜遇見「生滋」CID 是在尖沙咀，他怎麼跑到旺角霸地盤？難道他不怕盤踞這裏稱雄的黑狗豪哥嗎*？

Epson 阿爽早聽我說過 CID 的故事，知道他精神失常，Epson 阿爽自認自己身為警犬，地位質素都高，也無謂和「瘋狗」、「癲狗」一般見識。

「不，CID 叔叔，我不是 Nona，是她的兒子 Epson 阿爽。」

生滋狗 CID 年紀大，記憶力衰退，病情嚴重，精神越來越失常，球 Sir 不想 Epson 阿爽被他纏上，傳

* 行 beat：警察到街上巡邏。
* 有關生滋狗 CID 的故事，請看《特警部隊 1．走進人間道》。

染皮膚病，急急拉着 Epson 阿爽走開。對付流浪貓狗老鼠蟑螂，不是警隊的職責。

「爽？很爽嗎？皮膚上有蟲子蚤子，噢，很癢，爽！真爽！汪汪！」背後，傳來 CID 語無倫次的吼叫，然後是聲聲慘嚎，看來，地盤頭子黑狗豪哥正在整治這頭越區的喪家狗。

夜闌時分，通明的街燈射照中，Epson 阿爽全身繃緊，他靈敏的犬耳分明聽到遠處同類的哀鳴，靈敏的犬鼻隱隱嗅到空中有一條血路，Epson 阿爽清楚知道，這哀鳴和血腥，來自前方，而不屬於後巷那邊的 CID。

球 Sir 感覺到 Epson 阿爽的緊張，以為他新犬出更，被瘋狗嚇着了，安慰他說：

「Epson，EASY ！不用緊張！」

人犬親近，也不是溝通百分百，犬界靈敏，比人類早一步洞悉危險。

隨着步伐的前進，Epson 阿爽更感到不對勁了。

「汪汪汪……」Epson 阿爽被訓練在外不可亂吠，但為了向球 Sir 示警，他發出低沉的吠聲，他的低吠立即引起街上「夜鬼」的注視。

球 Sir 機警地觀察四周，沒有發現什麼異常情

況。他拍拍 Epson 阿爽的頸側，柔聲道：「Epson，EASY！EASY！」

他仍然以為 Epson 阿爽的表現，是新警犬出更緊張焦慮綜合症。

轉入窩打老道。

窩打老道，比起深夜仍然車水馬龍人眾車多的不夜街彌敦道、上海街一帶，無疑清靜、幽暗得多了。這兒早前剛下過雨，地上濕滑，時正深夜，橫街店舖已經關門，街上傳來貓狗甚至老鼠翻倒垃圾桶和爭食的吵架聲，還有蟑螂出動的悉索聲，文明的人類，對夜間城市的動物昆蟲世界，又知道多少？了解多少？

午夜的街上，四周顯得有點陰森恐怖，像隨時會有令人意想不到的事發生似的。

Epson 阿爽嗅到，他的兄弟腎上腺素上升，內心緊張，這也難怪，夜是屬於罪魔的，誰知道會有什麼事情發生？

在這時候，球 Sir 也聽到狗吠聲了。

從人的角度來說，午夜狗吠，沒什麼值得大驚小怪的，但對熟悉狗性的球 Sir 來說，這吠聲，是凄厲的求救聲，不是夜間動物求愛的叫聲。

對警犬 Epson 阿爽來說，天生靈敏的鼻子告訴他：

濃濃的鮮血氣味，正在半空中散過來，是流動的鮮血，大量的鮮血！

一條空中的血路！

在窩打老道前進，Epson 阿爽捨棄垂頭聞嗅，反而高高抬起犬頭，在空氣中努力搜尋……

忽然，他像有所發現似的拔足狂奔了……球 Sir 被他扯着向前直跑……

跑了幾十碼後，他又倏地停下來，弄得球 Sir 也差點被他絆倒……

他望着馬路對面的半空吠叫。

「Epson，SHUT UP！你這樣吠叫，我們會被投訴的！」球 Sir 要 Epson 阿爽住口。

但球 Sir 知道，警犬吠叫，必有原因，他跟隨 Epson 阿爽的視線，望向對面大樓，陣陣淒厲的吠叫聲就是從馬路對面傳來。對面馬路那棟大廈的單位不約而同地陸陸續續亮起了燈，球 Sir 隱隱覺得事非尋常，亮起強力電筒一照……

赫！鮮血，正從五樓的一個單位露台邊涔涔滴下！

這時，球 Sir 的 call 機響起：

「伙記，窩打老道東南大廈住客報案，説看見鮮血從上面滴下來，可能發生命案，有人被殺！快趕去

現場看看，重案組隨後就到，Over！」香港人做事快，報警亦是。

「Yes，Sir，我正在現場樓下，血正滴下來，樓下幾個單位的外牆也染了紅色。Over！」球 Sir 報告道。

咦，不對，鮮血氣味中又混和了酸酸甜甜的氣味！是什麼呢？

「汪汪，發生什麼事，是你喊救命嗎？」Epson 阿爽向着馬路對面一個單位叫道。

「我流血呀，就要死呀，快救我，快救我，我不要死呀！嗚嗚嗚……」

「汪汪，球 Sir！五樓那頭聖班納犬受了傷呀，流了很多血呀！」Epson 阿爽緊張得團團轉，想要咬自己的尾巴。

警方哪裏知道血不是屬於人的？一接報，不敢怠慢，迅速趕到現場，以做「大案」的程序來部署。

首先由重案組警探帶領，衝上懷疑發生恐怖血案的肇事單位拍門。

「開門！警察！」

「快開門！警察！」

許久，門內沒反應。

「報告，沒人應門！」

「兇徒可能仍在屋內，伙記，打醒十二分精神！」

有血案，衝鋒隊當然要到場增援，他們荷槍實彈，手持盾牌，嚴陣以待，只怕「疑兇」殘酷，殺人不眨眼；又或者是「變態」；如果是黑幫尋仇，集體廝殺，形勢就更險惡，分分鐘殃及池魚。

衝鋒隊奉命隨時要衝進屋內。

槍戰？肉搏？一觸即發！

樓下，警察已經封了路，召來消防員，張開了氣墊，萬一「兇徒」殺得性起，推人下樓呢？！又或者「兇手」畏罪拒捕，來個跳樓潛逃呢？！

「汪汪，兄弟，小心呀！汪！」Epson 阿爽緊張地叫道。

無論如何，如此大量出血，人或犬，見到都會緊張害怕的！

「Epson，QUIET ！」

聖班納犬，身軀龐大，頭顱巨大，個性溫馴，服從性強，但也勇敢沉着，跟我們一樣，是出色的工作犬，可以擔任搜索、救難的工作。對他的受傷，Epson 阿爽當然加幾分緊張，幾分同情。更何況，情況未明，不知道到底發生什麼事。

窩打老道，深夜，將有惡戰爆發？

人犬身上散發出濃濃的腎上腺素氣味，神情緊張。兄弟們人人持槍在手，嚴陣以待。

「破門！」警長下令道。

鐵筆一撬，破門而入，持槍兄弟個個凝神屏息，大氣也不敢呼一下。

屋內寂靜，不見人蹤。

在屋內四處搜尋。單位不大，沒有其他人，最後只找到一個在房內睡倒牀邊，在地上打着呼嚕的中年男子，身上酒氣沖鼻。

「先生，醒來！」警長嘗試把男子推醒。

「先生，醒來！」警長拍着醉酒男臉頰，醉酒男沒有反應。

「用冷水潑醒他。」警長沒辦法，使出對付酒鬼招數。

「走開，不要搞我！」冷水一淋，醉酒男吵着醒來，大家才看清楚他，臉上有個高高的鷹鈎鼻子，臉龐大得像個臉盆。

「你醒醒，你屋內發生血案！」

「什麼？生血？」男子喝得醉醺醺的，眼睛睜不開，聽話不清楚。

兄弟在屋內仔細搜查，再到露台查看，只見玻璃散了一地，一頭聖班納狗，身上多處被利物劃破，血流如注，渾身血痕，背上一處插着一大塊玻璃片，趴在露台前痛極哀嗥。

「你的狗為什麼受傷？」警長問道，發生血案，無論傷者是人是狗，當然都是要「落口供」的。

「我喝醉了，怎麼知道？！」醉酒男終於睜開了眼，小小的眼睛嵌在又圓又大的盆子似的臉上，鼻毛從鼻孔中鑽出來，一副賊眉賊眼卻又滑稽核突相。他打着呵欠説話，酒氣沖鼻而來。

「兩頭狗打架吧？！有什麼稀奇！」醉酒男揉着眼又要倒下去。

午夜凌晨打架？他們是家狗哩，怎會像街頭流浪狗般夜間活動，兼且廝殺，身上還插着玻璃哩！

「喂，先生，你的狗傷勢嚴重，你要帶牠看醫生。」警長説。

「看醫生？開玩笑！我沒空！死了算！我不花冤枉錢！橫豎我也不想再養牠！人道毀滅吧！」醉酒男聳聳肩説。寵物的性命，在他眼中，不算什麼。

「是嗎？你會被控告虐畜。」

聽警長這麼一説，醉酒男立時清醒了，丟下一句：

「麻鬼煩！三更半夜哪裏去找獸醫？你要救牠，召白車啦！」

「照顧好寵物是你的責任，你想收告票嗎？」

醉酒男不情願地穿好衣服，到露台叫嚷道：

「衰狗，真麻煩，要死自己跳樓死，不要給我添麻煩！」說時，狠狠地朝自己的寵物肚子踢下去。

「走，下樓去！」

可憐驚恐過度，受傷極重，流血太多了的聖班納狗，癱在地上，根本站不起來。

「阿 Sir！你看，那頭衰狗體形那樣巨大，我怎撐得起？」醉酒男說。

看那頭聖班納狗，幾百斤重的巨形身軀，背上插着一大塊玻璃片，加上多處割傷，鮮血一直淌，腳下還拉了一堆屎，也真不好搬移。

「阿 Sir，你再不召白車，牠流血致死，你要負責！」無賴說話，總是煞有道理似的。

基於人道理由，警長終於還是電召了救護車。

「真相到底是怎樣的？」Epson 阿爽直截了當問那頭被玻璃插傷，流血不止，被送下樓的傷者。

其實，聖班納狗樣子蠻可愛，容易引人喜愛的，不過體形巨大，常常流口水，食量驚人，運動量大，需要

寬敞住所。身價？哼！竟然和我們警犬差不多！

「跟另一隻衰聖班納打架，推跌了座地燈，敲破了露台玻璃門，玻璃插在我背上，割傷了多處，主人又大睡不起，我在露台上很遠就看見你，當然向你求救啦。」

「但你的身上沾滿了茄汁！」

「果然是醒目警犬，什麼事也瞞不到你。不用茄汁，我哪裏有這麼多血往下滴，吸引注意，引起恐慌？」

聖班納犬，果然不笨，要不然，到天亮主人醒來，他已經 sayonara 拜拜了！

阿爽瞥見，那茄汁瓶子，正靜靜躺在路邊的一角。

「大家同類同種，為什麼要廝殺？」Epson 阿爽問。

「誰叫他明搶我的骨頭，還老挨在主人身邊！」聖班納說來悻悻然。妒忌真使人、使犬失去理智。

「哼！那人，值得你為他去打個稀巴爛？」Epson 阿爽不明白。

「哼！如果他不走，我一定咬死他咬死他！」聖班納咬牙切齒說，跟剛才的嗚嗚慘叫求救，完全是兩個樣子。

　　扯噬咬爛，插傷割傷，狠下殺手，這就是「獸性」？還是物似主人型，冷漠、殘酷？

　　「阿 Sir，我還有另一隻聖班納狗，現在失了影蹤喔。」

　　「……」

　　醉酒男用意明顯，兄弟無人應聲，以免中計。

　　「你們要替我找回來。」做男人做到這樣無賴和厚臉皮，唉！

　　「你自己找找去吧。」警察要做的事很多，希望他不要浪費警力。

　　「阿 Sir～我現在就報失一隻聖班納狗，價值二萬大元。」

　　有人說要報案，兄弟無奈，只好按照規矩，替他落口供。

　　而對 Epson 阿爽來說，這是一場「血案考驗」，球 Sir 肯定了 Epson 阿爽的機靈敏銳，推薦他加入「奧運特警隊」。

　　第一次出差，便立下大功，得到肯定，這，當然是天大的榮幸！

　　但是，由於一次失誤，Epson 阿爽能不能夠成功加入「奧運特警隊」，頓成疑問。

第二章　斷尾巴的秘密

　　Epson 阿爽在警犬學校的好朋友是 Baggio 巴治奧，同屬瑪蓮萊族，同班同學，他年紀比 Epson 阿爽大一丁點，自命是大巴，但人人稱他小巴。

　　事實上，Baggio 小巴體形巨大，絕對不細小，幼年時從荷蘭買進香港警隊，個性反叛，跳脫活潑，愛打架，不怕大犬，常常被抓花了臉，諢號又叫「花臉小巴」。

　　Baggio 小巴體力好，精力旺盛，反應敏捷，愛跟領犬員 Happy 洪 Sir 玩最消耗體力的跳繩遊戲。

　　他還自編一首「跳繩歌」：

　　跳繩，跳起，躍起，

　　彈起，飛起，舞起，

　　Baggio Jump ！

　　香港彈起！

　　說話簡短，節奏明快，真箇反映小巴爽朗的性格。

　　彈牀上的 Baggio 小巴，犬毛犬耳隨着身體的上升下降，有節奏的或飛揚豎起，或柔軟下垂，好看極了；

好笑的是他的眼睛和嘴巴，好像專和地心吸力作對似的，他彈起時，眼角嘴角向下扯；他下降時，眼角嘴角卻相反地向上拉，還瞇成一條線，逗趣又滑稽。

難得這頭 Baggio 小巴，已經跳繩幾百次，仍然興致勃勃，不停邊跳邊唱：

「……躍起，彈起，飛起，舞起，Baggio Jump……」

「……汪汪，汪汪，汪汪，汪汪，汪汪汪……」大夥兒附和着，氣氛熱烈。

「哼！哼！」站在我 Nona 露娜旁邊的一頭犬，似乎不大高興。

「算了吧，Tyson，有本事，你老人家也上彈牀跳跳看，要不然，讓讓晚輩又何妨？」

Tyson 泰臣別過臉去，不回應，不答話。

這時，Happy 洪 Sir 下令道：

「OK，玩夠了，Baggio，DOWN ！」

愛玩的 Baggio 小巴乖乖地聽令，收了勢，在彈牀上四腿趴下，然後敏捷地跳下地來，竟然還有氣力發出「赫赫赫！」的笑聲，引起 Happy 洪 Sir「哈哈哈」的回應。

「赫赫赫！」

「哈哈哈！」

　　警犬隊中，誰也不能否認這「赫赫赫！哈哈哈！」是快樂開心的一對！

　　Baggio 巴治奧，雖然諢名小巴，卻是瑪蓮萊犬中的健碩型，他高大威猛，神情不怒而威，有副使賊人一見喪膽的兇惡相，警覺性極高，最愛打壓壞蛋，天生強項是搜索炸彈，槍形物體和爆炸品味道最能令他興奮，一旦發現疑似物體，不用主人號令，便會全身繃緊，犬毛直豎示警，隨時應命行動。他最會主動做領犬員 Happy 洪 Sir 的保鏢，值勤時只要有陌生人靠近他的主人，立即一犬當先，擋在主人身前戒備。

　　他的領犬員洪 Sir，Happy 不是他的諢號，他的名字真的叫做洪快樂，所以人人叫他做 Happy 洪 Sir。

　　Happy 洪 Sir 對人說：「其實我並不太喜歡動物。」

　　既然不喜歡動物，為什麼又要加入警犬隊？為什麼又跟 Baggio 小巴情同父子？

　　你們不知道，這是中國人的說話習慣，明明喜歡卻說不喜歡，明明深愛卻表現冷漠，所以中國父母愛子，卻會變本加厲地訓責。

　　Happy 洪 Sir 個性拘謹，有點害羞，不會明顯地表現快樂，人不如其名，卻領了一頭愛玩愛笑、聰明勇敢的警犬——Baggio 小巴，是小巴改變了他。

有一次，深夜，兩位警察兄弟在九龍慈雲山巡邏時，遇到兩幫人混戰。

「兩幫人馬打鬥，我們人手不足，快些派人增援！Over ！」

於是，Baggio 小巴跟隨衝鋒隊奉命馳援，一停車，他便一犬當先衝下車去。

兩幫人馬停止了打架，反而圍着警察兄弟責罵：

「搜搜搜，搜什麼呀你，你們憑什麼要搜？！我老子沒自由呀？沒私隱呀？就是不喜歡被搜！阿……Sir ！」滋事者人多，兩個兄弟處境危險。

旁觀街坊不知怎的也湊熱鬧，生事起哄，圍着吶喊。

警犬隊教育我們謹記自己的職責：「執行任務，除暴安良，保障市民安全。」

「汪汪汪！汪汪汪！汪汪汪！」

Baggio 小巴跳下車，一犬當關。

Baggio 小巴首先對着圍觀市民不斷狂吠，他知道，不先驅散好事之徒，不能控制大局。Baggio 小巴是天生的警犬，直覺指揮他應該怎樣做。

湊熱鬧的羣眾首先震懾了，紛紛後退。接着，Baggio 小巴突然雙眼突出，瞳孔先收縮後擴張，像會

噴火般，直瞪着兩幫人馬，顯示強勢，齜牙咧嘴，發出攻擊的預告。

在深夜中，兩顆眼珠，就像兩顆紅彈頭，和尖尖的犬牙相配，樣子駭人，跟平日那頭愛鬧愛玩的小犬子，簡直判若兩犬。

Baggio 小巴作勢欲撲噬。

面對兇猛的黑色大犬，打架人馬被嚇得膽喪，軟倒地上，雙眼不敢向上望，乖乖束手就擒。

哼！和發怒的犬隻互瞪，就是表示敵意和挑釁，只會凶多吉少！

多事之徒當然害怕身上被咬破幾個血洞，甚至皮肉被扯開！

看清楚，原來是兩幫人，共九男八女。

揪出兩幫頭子。

「叫什麼名字？」

甲幫首領說自己叫「送終」，乙幫頭子說自己叫「屎尿」，聲音發抖，說話發音不清不楚，兄弟們強忍着笑。

最後，叫他們用紙筆寫下來，原來一個叫蘇宗，一個叫史耀。

他們原是表兄弟，住在慈雲山，曾經合力捉拿闖

入家中偷竊的「蛇匪」，還被頒發「好市民獎」！你說諷刺不諷刺？！

　　擒賊表兄弟，為什麼變成兩家人廝殺？據說初而口角，繼而互擲鐵通，最後變成混戰，男的出凳，女的扯髮。

　　「汪汪，他們為什麼打起來？我們沙皮狗吠贏他們洛威拿嘍！」鐵欄內一頭沙皮狗晃着下巴皮肉，得意洋洋地説。

　　「是他養的沙皮狗狂吠，吵聲震天，叫人耳聾！阿 Sir，這是深夜哪，你説，是不是他不對？」説話的是蘇宗。

　　「你的洛威拿，站起來有成年男人般高，你不好好管束，常讓他撲向我女兒史香，算什麼居心？」史耀反斥道。

　　「汪汪汪，QUIET ！ SIT ！」小巴 Baggio 向羣狗下令道。

　　那些本來吠聲震天的沙皮狗、洛威拿，還有土狗和西施狗，見到神勇警犬 Baggio 小巴，懾於警犬強勢，乖乖地噤若寒蟬，垂頭耷耳，俯伏坐下，安靜下來，只有蘇宗和史耀兩家，還在喋喋不休，爭論不息。

　　「汪汪汪，吵什麼！」Baggio 小巴兇惡地向吵鬧

的蘇史二家怒吠。

「阿 Sir，你隻狗好兇呀！」蘇宗用眼尾瞄着 Baggio 小巴，怯怯道。

「汪汪，討厭！犬狗不分！」Baggio 小巴不客氣地走近蘇宗，噴得他一臉警犬津液，蘇宗也不敢抬手將之抹去。

全部人犬靜下來，讓警察兄弟「落口供」。

立功的 Baggio 小巴見大局受控，主人沒有危險，即乖乖地退守一旁，向領犬兄弟洪 Sir 搖頭擺尾，表示任務完成。從此，「衝鋒巴治奧」的大名也就不脛而走。

Happy 洪 Sir 和 Baggio 小巴朝夕相對，一起工作，經歷生死，但從沒有在人前表示出對 Baggio 小巴的喜歡，他只是悄悄地買了一部車，讓自己每次放假時都能夠帶着 Baggio 小巴，行山游泳去。

如果你們在山中，在海灘，看到一個高大威猛的男子，帶着一頭高大威猛的瑪蓮萊犬，「赫赫赫！哈哈哈！」，他們很可能就是 Happy 洪 Sir 和他的愛將 Baggio 小巴。

Baggio 小巴和 Epson 阿爽，這兩個孩子，臭味相投，有不為人知的劣根性，就是「好色」，愛親近女

孩子，什麼雌犬什麼雌狗什麼女孩子，都不拘。總之，他們見到任何雌性物體，就是鼻子向前伸，尾巴一股勁地搖。

「汪汪，喂，你好嗎？我是大巴，你很漂亮耶！」

「汪汪，我叫阿爽，你呢，什麼名字？」

「汪汪，喂呀，你聽見嗎？做個朋友好嗎？」

一看見女生，他們就雀躍，興奮，眼睛眨動，嘴巴不斷吞嚥，身體不斷扯前，尾巴搖得更是起勁了。

他們的領犬員每每見狀，總會心中暗笑，暗罵一句：「鹹濕鬼！」暗中一緊犬索，示意他們檢點。

這一天，Baggio 小巴跟着 Happy 洪 Sir 行 beat。

幾個看來愛犬的低胸短裙閃鞋潮女，一看見他，立即包圍上來，還伸手要撫摸他。

「天生好色」的 Baggio 小巴當然迎上去，犬鼻一伸，就在少女的裙腳嗅索。

「哎唷，好 cute 的花臉警犬啊！」大膽開放的少女也不以為忤，還稱讚 Baggio 小巴道。

熱情的 Baggio 小巴遇到熱情的少女，尾巴更搖得厲害了。

Happy 洪 Sir 擔心再逗留下去會出事，下令道：

「Baggio，MOVE ！」

說時遲，那時快，只聽到「啪」的一聲……清清楚楚，清清脆脆……

原來少女剛從商場購物出來，遇見 Baggio 小巴，把東西放在路上，Baggio 小巴得意忘形，尾巴狂搖，拍在袋子中的硬物上……

Baggio 小巴和 Epson 阿爽一樣，有條 happy tail——快樂尾巴。

為什麼叫做「快樂尾巴」？並不是因為 Baggio 小巴的兄弟叫洪 Happy，所以他就有 happy tail，而是因為他有過度活躍症，老愛將尾巴搖個不停，擺個不休，奏着快樂的節拍，正因這樣，他們這對難兄難弟，便常因尾巴受傷而見梁醫官。

Baggio 小巴害怕嗎？吸取教訓了嗎？

當然，沒有！

看，他今次「好色」、「見色興奮」的報應，不就是狠狠地拍斷了尾巴關節？

「嗚嗚嗚，痛死我了！」

Baggio 小巴再顧不得調弄他的短裙潮女了，他痛苦地轉過頭去舔自己受傷的尾巴，嘗試把它挺起來，但無論他怎麼用力，都無法成功，當然，斷尾還有力挺起嗎？

　　領犬員 Happy 洪 Sir 看見 Baggio 小巴痛苦的表情和那軟軟地垂在地上的尾巴，知道出事了，只好立即通知上級，收工回營，送他去見獸醫梁醫官。

　　「哎唷，小狗，你為什麼要走呢？我們還未玩夠呢！」潮女們蹬着厚底高跟閃鞋追上來說。

　　Baggio 小巴痛入心肺，無心再和女孩子玩了，即使她們的衣飾有多潮，樣子有多可愛。

　　「Baggio 這小子弄傷尾巴，已經不是第一次，更不是第一次弄斷了，今次我再嘗試接駁，要是不成，就得切了它！」臉上被警犬芝達咬傷的疤痕仍清晰可見的梁醫官，一邊為 Baggio 小巴檢查，一邊說道。

　　「汪，不行不行，不要不要，不要切掉我的尾巴，嗚嗚嗚……」不久前才勇猛嚇退蘇史混戰、名噪警界的警犬 Baggio，衝鋒巴治奧小巴哭喪着臉苦苦哀求梁醫官道。

　　手術室外，我們聽見 Baggio 小巴的哭聲，也心頭一緊，Baggio 小巴，不過是個孩子嘛！

　　Happy 洪 Sir 眼中泛着淚光。

　　領犬員和警犬之間，不單是伙記，更是兄弟，是父子！試問，天下間有哪一位父親，忍心看見自己的孩子受創傷，肢體殘缺？

　　不知怎的，傷心緊張的家長總會失控，越緊張就越是失控，越會破口大罵。

　　「Baggio，你真討厭，老是頑皮，老是闖禍！」平日情感不易外露的 Happy 洪 Sir，緊握拳頭，用痛罵指責道出他的擔心。

　　「汪汪汪，小巴已經很慘了，不要再罵他吧！」Epson 阿爽是 Baggio 小巴的好朋友，當然維護小巴。

　　「Nona，你也認為 Baggio 該罵吧！」我的好兄弟陳 Sir 忠仔對我 Nona 露娜說。

　　好不容易，等到梁醫官從手術室中出來，他宣布道：

　　「OK 啦，Baggio 手術成功，小尾巴接駁好了！」

　　我吁了一口氣，福大命大的 Baggio 小巴，吉犬天相，又一次避過切尾的命運了。

　　「這小子，擔心死我了！」Happy 洪 Sir 摟着 Baggio 小巴，破涕為笑，毫不掩飾他的喜極而笑，人犬情誼，叫在場人犬，無不感動。

　　Baggio 小巴做完駁尾手術，仍然躺在手術台上，昏迷未醒，傷尾戴着白罩子，可憐兮兮的。說真的，任何威武的警犬，一嗅到醫療室的消毒藥水味道，一定緊張得全身繃緊；一躺到手術台上，一定害怕得全

身發軟震顫；一見到梁醫官，一定又怕又恨，牙齒發癢，想噬他卻又不敢咬。

Baggio 小巴手術後醒來，看見領犬員 Happy 洪 Sir，立即「嚶嚶」地哭起來，Happy 洪 Sir 也不忍心呵責他，摟着他，撫摸着他的頸項，輕輕地説：

「沒事了，尾巴還在！」

「下次，不要再見色發狂了！」

「汪汪，還好説，人家也是為你吸引住女生呢！硬要把我拉走！」這小子，傷後還懂得玩風趣。

Baggio 小巴知道自己不用切尾，也不用被趕出警校，便高興得忘記一切不愉快的經歷，只顧到處得意洋洋地向其他犬炫耀他的新尾巴：

「看，多新潮，我的尾巴有罩子。」

只是，Baggio 小巴的尾巴最後還是被切斷了，做了名副其實的「小尾巴」。

警犬學校流傳一個有關「陰毒」的故事，和 Baggio 小巴「斷尾」的慘事有關。

第三章　邪惡的陰謀

傻憨純情小子 Epson 阿爽和衝鋒巴治奧 Baggio 小巴是搜爆犬 Jeffrey 綽飛的競爭對手、假想敵、眼中釘、死對頭。

Jeffrey，綽飛，諢號「大飛」，他老是想，也以為自己是警犬隊搜爆一哥，要大家稱呼他做「飛哥」，他十分嫉忌 Baggio 小巴和 Epson 阿爽這兩頭瑪蓮萊小子，處處看他們不順眼。

在人前，他愛故作冷漠，口口聲聲説：「非我族類，話不投機。」

只是，有一次，我聽見他跟在 Madam 周背後，自言自語道：「小巴和阿爽這兩小子，終有一天，會威脅我的一哥地位，姊妹，你到底有沒有看出來？」

Jeffrey 大飛是一頭史賓格犬，性格好動，專長是野外打獵，搜尋雀鳥，不喜歡在戶內工作。Jeffrey 大飛跟我以前的少年好友 Lord 阿囉一樣，頭部毛色啡白，背黑腹白，十分好看，他的優勢在身材中等，動作敏捷，身手靈活，能夠輕巧地鑽到縫隙角落去搜查

爆炸品，警犬隊最愛訓練他們做搜爆工作。但Jeffrey大飛跟 Lord 阿囉不同，Lord 阿囉只愛玩不愛工作，最後淪為喪家狗，淪落到在街上偷吃老鼠餌中毒*；Jeffrey 大飛則工作狂熱，甚至有職業病，無論去到哪裏，他都神經質地先懷疑有炸彈，拚命嗅索，希望立功。

最出笑話的是那次到香港大學作親善探訪。

只要他老兄一出場，犬索一解，他便真的犬如其名，像「大飛」快艇般開足馬力直衝，神經質地到處奔竄，在人羣中不停嗅聞。

「Jeffrey，我們今次到香港大學，是作親善探訪，你不要太緊張，不要失禮。」警犬老爸帶同他和 Jordan 佐敦，連同 Madam 周和陳 Sir，應邀出席香港大學「伙記開工啦！」警犬隊工作簡介會，吸引大學生加入警隊，提高警務人員質素。

警犬老爸知道他緊張工作，一心要立功，有職業病，所以在出發前已經提醒過他，在車上也不時撫摸他，輕聲柔語説：「Jeffrey，RELAX ！」

可是，Jeffrey 大飛心中只想立功逞強，好像不搜

---

*有關 Lord 阿囉的故事，請看《特警部隊 1 · 走進人間道》及《特警部隊 2 · 伙記出更》。

索出炸彈誓不罷休似的。跳下警犬車，來到香港大學中山階講座現場，他立即向每個在場的大學生逐一嗅索，甚至是路過的教授也不放過。一些膽小的女學生被嚇得發出 No No 聲，連連後退！

據說，本故事作者孫慧玲女士當時在現場，連她也逃不了被當成疑犯呢！

警犬老爸和 Madam 周見他投入工作，也就由他去，不加阻止。

Jeffrey 大飛的嗅索狂熱，使他在警犬隊中，有「鼻敏感飛哥」之稱。他好勝，可惜也狡猾，嫉忌心重，好勝加狡猾加嫉忌，使他變得陰險而邪惡，為求建功，往往不擇手段，損人利己，使奸計累犬、出「陰招」害同袍，在所不惜，而且招數層出不窮。

警犬考搜爆，就是要在一字排開的不同顏色的十個箱子中，找出藏有易燃爆炸品的箱子。

那一次，Epson 阿爽第一次參加考試，和 Jeffrey 大飛同一組，他們要在十個箱子前逐一嗅聞，搜尋爆炸品。

「SEARCH ！」領犬員向自己的警犬下令。

Epson 阿爽一如訓練，在球 Sir 陪同下，逐一在那些箱子前嗅聞前進，他本來在一個顏色不顯眼的灰色

箱子前止步，再小心嗅索一番之後，想在箱子前靜靜地蹲坐下來，向球 Sir 示意：「炸彈就在灰色箱子中。」

在訓練中，搜爆犬學習到發現炸彈時，不可亂動，不可叫吠，不得作出任何聲響，否則有可能引爆炸彈，自己粉身碎骨，還連累兄弟姊妹們傷亡。我們也不可用舌頭，因為所有爆炸材料都具有高度危險的毒性，什麼無菸粉、硝酸甘油、TNT、炸藥，都是毒物，會使犬隻中毒死亡，接觸不得，最安全的方法是，默不作聲地坐下來示警。

「Epson，做得很好。」球 Sir 心裏讚道，雖然連他也不知道到底灰色箱子裏是不是真的有炸彈，但他對 Epson 阿爽很有信心。

這時，只見 Jeffrey 大飛在灰色箱子周圍團團轉，忽然卻又走到另一個黑色箱子前坐下來，沒有經驗的 Epson 阿爽眉頭一皺，信心動搖，心想：難道我弄錯了？一哥沒可能錯的。

於是，他也「霍地」站起來，走到黑色箱子前嗅索，覺得裏面似乎真的有很吸引的東西。

就在這時候，Jeffrey 大飛迅速地在他身後竄過，走到灰色箱子前坐了下來。

當 Epson 阿爽還在滿肚疑惑時，主考官警犬老爸

已經用手勢發出指令：「TIME'S UP！」

Jeffrey 大飛的領犬員 Madam 周立即小心翼翼地用探測器探測，探測器在灰色箱子前出現反應，打開一看，裏面果然有易燃物品！

而黑色箱子呢，裏面放的是麻辣鳳爪！

真相大白了，Jeffrey 奸飛設計害 Epson 阿爽！

Epson 阿爽中計了！

考試？當然「肥佬」（不合格）了。

「Hi，小子，考試『肥佬』的滋味夠麻辣吧？吃麻辣鳳爪去吧！哈！麻辣！Yeah，I love 麻辣！」Jeffrey 大飛得意洋洋地揶揄 Epson 阿爽道。從此，他常常取笑 Epson 阿爽做「麻辣肥仔」。

Jeffrey 大飛當然知道，搜爆考試，只有一個機會，不能出錯，所以常常在「搜爆大考驗」的考試或比賽中使用奸招，故意誤導其他初出道的警犬作出錯誤行為，落得考試不合格的下場。目的？很簡單，就是要使他們失去自信和領犬弟兄的信任，保障自己「搜爆一哥」的地位，使自己在搜爆科中一犬獨尊！

唉，Jeffrey 大飛，你不用這麼陰毒吧！

「我下次一定不會中計！」Epson 阿爽忿忿不平地說。

「下次？哼！你還有下次嗎？！」Jeffrey 大飛歪着嘴角，冷冷地說。

Epson 阿爽知道，搜爆科考試不合格的警犬，下場是被逐出搜爆警犬隊，甚至送出警犬訓練學校流落民間，最後變成寵物狗。Epson 阿爽年紀雖小，但在我 Nona 露娜媽媽和 Max 麥屎爸爸的熏陶下，他已經少年立志：要為市民服務，除暴安良，做一頭有作為的優秀警犬。

現在，因為他中計，在危險任務中犯錯，不但入不了奧馬搜爆組，還可能做不成警犬隊的一分子？！

「這怎可以！絕對不可以！！」我 Nona 露娜和 Max 麥屎絕對不同意，相信警犬老爸也不同意。

「別發夢啦你，快去收拾你的狗兜，準備離開吧！哈哈哈！」Jeffrey 大飛故意再刺激 Epson 阿爽的憤怒細胞，想要少年 Epson 阿爽失控，再闖大禍。

年少氣盛的 Epson 阿爽中計了，他憤怒地向着 Jeffrey 大飛瞪眼，心高氣傲的 Jeffrey 大飛又怎肯示弱？當然也狠狠地瞪着 Epson 阿爽，犬眼互瞪，在犬界中是十分不禮貌的行為，是挑釁的動作，是廝殺前的訊號。一場警犬決鬥，看來無可避免了。

「Epson，過來。」打鬥，在警犬隊是絕對禁止的，

作為 Epson 阿爽的媽媽，我 Nona 露娜當然要制止，以免 Epson 阿爽錯上加錯。

Jeffrey 大飛見到警犬大姐 Nona 露娜和大哥 Max 麥屎出現，心頭一凜，立即垂尾轉向，掉頭走了。

「警犬老爸偏心！警犬老爸偏心！兩個標準！兩個標準！」洛威拿 Tyson 泰臣吵嚷，Tyson 泰臣故意挑撥，Jeffrey 大飛更憤怒得兩眉緊縮，眼睛周圍毛髮豎起。

「這難怪，Epson 是他的孫子，他當然要愛護囉！」

德國牧羊犬 Bo Bo 抬頭挺胸身體挺直，從耳朵到尾巴擺出優雅高貴的姿態，聲音溫柔，輕描淡寫地道。這傢伙，是我們瑪蓮萊犬的表兄弟的表兄弟，自命是警犬隊的首選犬種，從來不把我們瑪蓮萊犬放在眼內，這時候說這種話，是幫忙還是暗踩？

以為人類才愛明爭暗鬥，設計害人，狗狼界多好事之徒，而犬界則單純得多，現在看來，你說是嗎？

黃昏集訓，Epson 阿爽因為早上的考試失敗，被勒令停止活動，悶悶不樂地靜坐場邊，聽候發落；Baggio 小巴因尾巴才動過手術，在復元期，也被勒令暫時休息，在場邊觀看同袍受訓。

「不公平！不公平！趕出校！趕出校！」

Epson 阿爽已經很不開心了，洛威拿 Tyson 泰臣伯伯又何必狂踩不休呢？

「Tyson 伯伯，小心人家 Nona 媽媽不高興呢！唉，我只為 Jeffrey 不值，人家 Jeffrey 表現實在機智出色！」Bo Bo 分明在暗中挑起 Jeffrey 大飛的仇恨心。

「喂，笨小子，愣在場邊發呆，不可以玩，悶死了，唧唧唧，好羞家呀，被罰的滋味不好受呢？」這警犬隊的奸角 Jeffrey 大飛，個性可算陰險而邪惡，挑起事端，設計害犬是他的犬生樂趣。

Epson 阿爽轉過臉去不理會他，因為我多次提醒他，不要和奸犬飛硬碰，以免吃虧。

「枉 Nona 姐和 Max 大哥一世英明，生了頭死蠢狗，一定氣死了！」Jeffrey 大飛將身體貼近 Epson 阿爽，眼珠凸出，狠狠瞪着 Epson 阿爽，嘴角上翹，露出挑釁打架的利齒。

「汪汪，喂，大飛哥，你不要欺負阿爽。」說話的是 Epson 阿爽的好朋友 Baggio 小巴。

「哈，小尾巴，竟然斗膽跑出來，保護麻辣肥仔！」說時，身體逼近 Baggio 小巴，還有意無意地用力踩着他的尾巴。

「汪汪汪汪汪汪……」Baggio 小巴痛極狂叫。

Baggio 小巴的快樂尾巴 happy tail，最近因為興奮過度拍到硬物受了傷，才做了手術不久，傷口還未完全痊癒，被 Jeffrey 大飛踩着，痛入心扉，本能地奮力轉身，張口就是使勁地一咬，將 Jeffrey 大飛頸上皮肉咬住拉扯，不肯鬆口。或者，唯有這樣，才能抵消他的尾巴被踩的痛楚吧。Epson 阿爽見好朋友被襲，立即加入戰團，張口就噬。混戰中 Baggio 小巴的尾巴被碰撞了多次，咬噬了多次。

「STOP！」警犬老爸雷霆一喝，全部停了下來。

Baggio 小巴、Epson 阿爽和 Jeffrey 大飛全被送到醫療室，Epson 阿爽和 Jeffrey 大飛只是皮外傷，但是 Baggio 小巴呢，梁醫官宣布：

「Baggio 的尾巴傷得太厲害了，尾骨被壓碎了，今次一定要切除！」

「什麼壓碎！是被奸犬大飛踩碎的！」Baggio 小巴嗚嗚低嗷，哭訴着，可惜一眾警官卻聽不懂。

「Baggio 尾巴剛做過接駁手術，還要打架，太過分了！」Happy 洪 Sir 痛心地説。

Baggio 小巴的尾巴，變了一條「爛尾」，救不了。

「真的救不了！」被芝達「發瘋」咬傷，現在是滿臉疤痕的獸醫梁醫官搖頭説。

「不！我不要切尾，切了尾我還是堂堂警犬嗎？」Baggio 小巴奮力掙扎，不肯上那冰冷的不鏽鋼手術台。

最後，刀下不留情，Baggio 小巴還是被全身麻醉，送上手術台把尾巴切短了！

這就是 Baggio 小巴「短尾」故事的內幕，人類警官們永遠不會知道。

「汪汪汪，好呀！好呀！短尾雙星瑪蓮萊萬歲！」Epson 阿爽高興地叫道。

好啊！有伴啦！

Baggio 小巴在手術台上，警犬隊則在開會，討論 Epson 阿爽和 Baggio 小巴的去留。許多警官都為 Epson 阿爽和 Baggio 小巴可惜，也有一些警官認為要秉公辦理。

「Epson 在搜爆試表現欠定力自信在先，受罰後情緒不穩定在後……」

「Baggio 小巴個性容易興奮，弄傷自己在前，又參與打鬥在後……」

「這證明兩犬都不適合做警犬……」

「章則有明文規定，不適合做警犬要逐出警犬隊。」

「事到如今，也只好將牠們逐出警犬隊，不能徇

私。」

「Baggio 和 Epson 都是天分極高的警犬，特別在搜爆方面，應該再給牠們機會，尤其是為迎接奧運，警犬隊中根本就不夠犬隻用，先留住牠們，再培訓吧。」

警犬老爸一錘定音，Epson 阿爽和 Baggio 小巴可以留在隊中繼續服役了。可是，警犬老爸卻被人背後批評：偏私、沒制度、收攬親信等等……

對此，警犬老爸望着天空，幽幽地說：「人在做，天在看。真的假不了，假的真不了。」

「人在做，天在看？」是是非非真真假假，就此平息嗎？

Baggio 小巴和 Epson 阿爽，性情相近，有同樣的傷尾經歷，經過這件事，友誼更加牢固了。他們天天一起上課，積極投入，認真聽教練訓示，弄清楚每一個指令，做好每一個細節。

以「我最愛打壞蛋，最強搜炸彈。」做口頭禪的 Baggio 小巴，決定做大巴，從此負起保護善良小犬子 Epson 阿爽的責任。

喂，Baggio 小巴，你搞錯了，你的志向是做「奧運馬術在香港」的保安警犬呀，不是嗎？

第四章　腳套的笑話

奧林匹克運動會日期逼近，香港成為馬術之都，負責奧運馬術比賽項目，保安反恐重責當然落在香港警方身上。

為了反恐，防止恐怖襲擊，警犬隊要在原有隊伍上增添四十頭炸彈犬，增聘四十名領犬員，和原有的警犬隊配合，組成有一百二十名成員的精英隊伍了。

怪不得警犬老爸要帶隊出席各大學演講會，介紹警犬隊和警犬的工作了。

恐怖襲擊，殺傷力最大是炸彈；反恐防暴，主要工作就是搜查爆炸品。

這方面，警犬做得比警員還要好。

炸彈是什麼？

什麼才算是炸彈？

氣味怎麼樣？

如何把炸彈找出來？

什麼是搜爆安全守則？

找到炸彈之後又怎樣做？

普通狗兒具備超過兩億的嗅覺細胞，嗅覺比人類強得多，更何況是飽經訓練的工作犬？

讓我告訴你們：犬科動物的鼻孔可以上下左右移動，追索氣味，腦中的嗅球構造比人類大何止幾倍，可以說，我們天生構造就是嗅覺機器，再加上嚴謹的訓練，學堂警犬當然能夠成為搜索的能手。

搜爆的課題，範圍和深度比我們、你們想像的大得多，深得多。

搜爆危險，不是犬犬都喜歡做 bomb dog 的。

「Bomb dog？這麼危險！No way！」

「Bomb！Bomb！Bomb！隨時粉身碎骨，Why me？」

一樣米養百樣犬，我們覺得光榮的任務，自然有犬避之則吉。

「Bomb dog？奧運臨時工？之後還可以繼續做麼？」

說得正是，奧運之後，或者不再需要這麼大數量的搜爆隊，六十頭搜爆犬和六十名領犬員，怎樣安置呢？

警方的安排是招聘輔警，訓練他們做領犬員。

「哼！那些輔警犬，一來我們就要搬！有什麼理

由？！」一些老大哥氣忿不平地道。人有歧視心態，犬界也相同。

「還要將我們搬入狗籠，他們卻住犬舍！」

為什麼不想想自己是不是表現不夠好？為什麼不被選入奧運工作隊？

「要命的是用高溫水和消毒液清洗犬舍，要消除我們的氣味，我們還有機會回來麼？」

小心眼犬就像小人，老只是關心自己的利益。

「你看，還為他們預備大風扇灑水機降溫，貴賓般的待遇。呸！還不是犬一隻！」

大熱天，這是例行保護警犬工作，何必嫉忌呢？本是同犬種，相煎何太急？

看來，警犬之間無形的牆正在築起。

被迫遷，原住犬當然很不高興，即使他們知道做奧運工作的警犬，無論是正規警犬，還是輔警犬，都需要住在一起，方便調配。

犬不明白，人也有不明白，或者明白但不接受，不免背後多說話。警犬老爸呢，正全心全意應付保障奧運安全的工作，也沒閒去理會蜚短流長，是是非非。

Epson 阿爽，Baggio 小巴和 Jeffrey 大飛接受了特殊的訓練，本事可大了，他們能夠嗅到人類嗅不到的

每一種爆炸品的氣味；聽到人類聽不到的隱藏了的計時炸彈聲音；看到人類看不到的一切恐怖危險的蛛絲馬跡。他們表現出色，搜索火藥、爆竹、手榴彈、子彈、液體爆炸物，甚至是 C-4 塑膠炸彈、嗅聞 TNT 炸彈等等訓練中，都十分得心應手。

我們做警犬的，都要接受搜尋爆炸品的訓練，他們的本事，我們都有，但大家不得不承認，Jeffrey 大飛在這方面的天分，表現的出色，是有目共睹的。

搜爆科畢業，Jeffrey 大飛、Baggio 小巴和 Epson 阿爽名列三甲，警犬老爸賞了他們一隻雞，看得我們口涎直流，警犬老爸還為他們分發雞肉：

「Hi，Jeffrey，你是搜爆三犬子的大阿哥，常自命是頭兒，就賞你吃雞頭。」

「Baggio，你最愛飛起，彈起嗎？就賞你吃雞翼雞腿連爪。」

「Epson，Jeffrey 常取笑你做麻辣肥仔，你便吃雞胸肉吧。」

「汪汪汪……」我們一眾警犬笑彎了腰，更佩服警犬老爸的精明了，他對我們實在了解，警犬隊中好像沒什麼事能瞞得了他。

畢業派對中，有犬大姐說了一個「飛哥笑笑話」。

話説經濟高峯會在香港舉行期間，許多重要人物到訪，警方奉命派搜爆犬到他們下寢的酒店進行保安檢查。Jeffrey大飛是搜爆犬一哥，此等重要任務怎可少了他？

想不到的是，第一次的酒店搜爆，Jeffrey大飛便演出了「飛哥笑笑話」。

犬和人一樣，無論怎樣奸惡陰毒，總有他的弱點。

可笑的是，Jeffrey大飛的致命弱點，竟然是你想也想不到的！

酒店搜爆行動，規定人和犬在進入總統套房之前，都必須戴上腳套，搜爆犬進去之前，還必須仔細清理腳爪，做到檢查到位又不留下任何痕跡。

酒店大堂，Jeffrey大飛看見Madam周手裏拿着腳套，立即禁不住緊張起來，只見他全身肌肉繃緊，全身犬毛豎起，嘴角向後拉，四條腿向後挪，明顯地表現出他內心的恐懼。

「Jeffrey，COME！SIT！」Madam周下令Jeffrey大飛坐下。

Jeffrey大飛望着Madam周手上的腳套，連連後退，不肯就範。

一眾警犬和領犬員都看得愣了頭，不明白Jeffrey

大飛為什麼會怕小小的腳套。腳套又不會咬他或刺痛他，穿在腳上雖然有點滑稽，卻沒有不適的感覺。在街上，我們不是常常見到一些寵物狗，穿上「鞋子」逛街炫耀嗎？實在不明白Jeffrey大飛出了什麼毛病。

「有病！」

「古怪雞！」

一些同袍在背後批評他，嗤笑他。

Jeffrey大飛就是不肯就範，死也不肯穿「腳套」！

但是，要進行酒店搜爆，就要「穿腳套」！

規矩不會因一哥的心理問題而改變！

「Jeffrey，SIT ！」

Madam周跟Jeffrey大飛一樣急窘，警犬最重要的是服從，Jeffrey大飛再不乖乖地讓他的領犬員穿上腳套，怕只會被革職，逐出警犬隊，一眾警犬嗅到Madam周和Jeffrey大飛身上濃烈的腎上腺素氣味。

Madam周用凌厲的眼光瞪着Jeffrey大飛，一眾已經穿上腳套的警犬和領犬員兄弟姊妹也都鴉雀無聲地看着Jeffrey大飛，有些平日被Jeffrey大飛欺負過、奚落過的警犬嘴角微翹，一副「看你怎樣死」的幸災樂禍表情。

Jeffrey大飛怎麼辦？

我 Nona 露娜，不喜歡 Jeffrey 大飛的囂張跋扈，尤其是他老愛欺負小伙子，特別是 Epson 阿爽和 Baggio 小巴，但現在任務當前，做不好只會影響整個警隊，想出言安慰，可是現在又是執勤搜爆時期，不可隨便發聲。

關鍵時刻，警犬老爸出現了，表示行動的時間到了。

「Jeffrey，戴上腳套，開始工作。」警犬老爸下令道。警犬老爸的威嚴，無犬不震懾。

Madam 周趁 Jeffrey 大飛一個分心，利落地將第一個腳套穿在他的腳上。

Jeffrey 大飛畢竟是飽受訓練的搜爆一哥，知道不服從指令的下場，終於還是乖乖地坐下來，讓 Madam 周為他穿上腳套──雖然全身不由自主的震顫。

Jeffrey 大飛在眾目睽睽下醜態畢露，心理就更變得充滿仇恨和嫉忌了。

這次世貿行動，我 Nona 露娜、Max 麥屎、Epson 阿爽和 Baggio 小巴都有參加。

Epson 阿爽和 Baggio 小巴在酒店房間和角落嗅索，表現小心，行動利落，搜爆天分得到充分讚賞。

Jeffrey 大飛？對他們當然更加嫉忌，更恨之入骨

了。

這一年，中國取得奧運主辦權，香港有幸承辦奧運馬術，搗破恐怖襲擊行動，成為警犬隊一項最為重要的工作，搜爆犬工作特別忙，被要求加強訓練，執行神聖的搜爆反恐任務。

Epson 阿爽，Baggio 小巴和 Jeffrey 大飛同時被特令編入「搜爆特犬組」！

難道，真是「不是冤家不聚頭」？！

「我能夠參與這個任務，真好！」

「負責這任務，誰比我更好？赫赫赫！」

「哼，你以為自己是什麼傢伙？敢在我面前哇哇哇？」

到底哪句話是誰說的，現在，你一定知道了。

「搜爆特犬組」Epson 阿爽，Baggio 小巴和 Jeffrey 大飛口中所說的任務，當然就是奧運馬術的保安工作了。

「We are ready ！」

電視日夜播着奧運倒數。

「We are ready ！」的口號叫得震天價響。

整個警隊，當然包括警犬隊，人犬一概不得休假，相反的，還得隨時奉命加班。

正當警犬隊加緊訓練，緊張的消息卻不斷傳過來，迫使我們警犬隊也得頻頻出動。警犬老爸説：

「這樣也好，孩子們可以得到更多的學習和鍛煉的機會。」

口中聲聲孩子，這就是我們稱吳督察做警犬老爸的原因。

奧馬日子越逼近，真彈假彈就特別多。

銅鑼灣地鐵站發現「可疑物品」，警方派炸彈處理組人員及警車到場，封閉地鐵站多個出口，Epson阿爽奉命到場，一番嗅索之下，發覺有炸藥成分，立即坐下示意，圍觀羣眾似乎對警犬搜炸彈有一些認識，一見 Epson 阿爽坐下，立即後退，有些甚至急步離開。拆彈專家奉命到場，證實該「可疑物品」含炸藥成分，下令警察兄弟勸諭市民離開現場，當場引爆「炸彈」，引爆時有煙火向上竄升，煞是好看，遠處圍觀者還拍起手掌來。原來是一枚自製煙花，引來虛驚一場，浪費多少警力！

中環置地廣場對面的士站，一輛的士發生爆炸起火。Baggio 小巴隨洪 Sir 奉命趕到肇事現場，Baggio小巴一嗅，知道是氣油味。但的士的石油氣罐好端端的，何來氣油爆炸？洪 Sir 一番查問下，發覺原來是

司機在排隊等客期間，將打火機放在車頭表板上，懷疑是打火機內的壓縮氣體在暴曬下過熱膨脹，爆炸起火，引來虛驚。

「汪汪，的士督督呀，你抽煙，要用打火機，也要放好呀，如果炸盲你的眼睛，或炸掉你的鼻子，炸裂你的嘴，炸開你的額頭，那多慘呢！」

「吸煙危害健康，又那麼臭，為什麼要吸呢，汪汪，的士督督！」任務完成，Baggio 小巴還不忘給的士叔叔勸告一番。

Baggio 小巴回來繪影繪聲地作出描述，還有他故意將叔叔說成督督的發音，惹得大家笑成一團。

旺角荔枝角道某大樓突然冒出濃煙，消防員接報趕赴現場，兩名消防員進入大樓調查之際，大樓內忽然傳出轟隆爆炸聲。

警局電話響起：「懷疑是恐怖襲擊，快派警察來！」

正在旺角警署當值的球 Sir 和 Epson 阿爽接報，立即出發。

現場爆炸過後，電箱被炸至變形彎曲，行人路石屎亦被炸至粉碎，路面翻起，碎石向四方八面飛彈，鄰近店舖鐵門亦被擊至凹陷，兩名消防員走避不及，受傷流血，坐在地上等候救治。

　　球 Sir 帶着 Epson 阿爽在場搜索，Epson 阿爽嗅聞每個角落，沒有發現。調查之下，發覺原來是電箱漏電，先是冒煙，然後發生爆炸。

　　球 Sir 正要收工離開之際，Epson 阿爽忽然在瓦礫中發現什麼似的，不停用前掌撥開磚石，不斷「汪汪」吠叫示警，球 Sir 立即加入挖掘，一團毛茸茸的東西出現了。

　　又是一頭聖班納狗！被碎石擊中頭部昏迷，最後是生是死，我們也不知道了！

　　難道，這是聖班納災難月？

　　至於那兩名消防員兄弟，安全措施做足，已經佩戴安全帽、護眼罩及手套，但由於站在突然爆炸的電箱前，也難避免遭炸傷，而且，因被巨大的爆炸聲和爆炸壓力影響，耳朵受損，內耳細胞出現癱瘓，聽覺遲鈍，希望他們不會永久失聰吧。

　　唉，警察與消防，可算是兩大危險行業吧？！

　　Epson 阿爽和 Baggio 小巴也就在一次又一次的執勤遇事中變得越發機靈了。

　　話說回來，以上「爆炸」個案都是虛驚，是意外，但以下的故事卻絕不是說笑的。

第五章　BB、警犬勿近

　　有人報警説尖沙咀東部，香格里拉酒店門外，一道花槽上有一個可疑物體，掛在燈柱上，可能是「炸彈」！

　　在奧運馬術賽即將舉行前夕，這可不是鬧着玩的，至少，我們警方就不能視之為惡作劇而已。

　　一九九六年亞特蘭大奧運會，二零零零年悉尼奧運會，二零零四年雅典奧運會，沒一次不受到恐怖襲擊威脅，包括炸彈襲擊、毒氣襲擊、汽車炸彈恐嚇，還有生化武器、食物下毒、綁架勒索⋯⋯都曾經發生過，都為奧運會帶來極大的衝擊，是對主辦國的極大考驗。

　　奧運馬術賽期間，香格里拉酒店和其他一些五星級酒店，是奧運馬術賽事外國皇室人員指定下榻的地方，有接駁巴士直達沙田奧運村。在酒店十米外發現可能是「炸彈」的可疑物體，警方當然高度重視。

　　其實，在香格里拉酒店或其他地方出現炸彈，也不是意外之事。

這一年，中國取得奧運主辦權，香港有幸承辦奧運馬術，於是，大批參賽的馬匹和運動員，連同有關機構的工作人員，甚至是各國政府要員都紛紛到港，參與盛事，香港，早已接到線報，將會成為恐怖襲擊的目標。

搞破恐怖襲擊當然成為警犬隊一項最為重要的工作，尤其是搜爆特犬組，工作特別忙，被要求加強訓練，執行神聖的搜爆反恐任務。

臨近奧運，有關炸彈、詐彈的案件真的特別多！

香格里拉酒店發現的「炸彈」，就在酒店門外十米處一道十五呎乘六呎的花槽上，花槽中有一枝燈柱，懷疑是「炸彈」的可疑物體，就掛在燈柱上，還偶爾隨着吹來的強風搖晃幾下，看得人心驚膽顫！

「可疑物體」被人用鐵線牢牢綑綁，掛在照明燈下，體積只有一個手提電話般大。

爆炸品處理組專家，簡稱炸彈專家，聯合炸彈警犬 bomb dog 立即奉命出動。

伙記甫一到場，首先用鐵馬攔住道路，封鎖酒店附近區域，車輛行人等一概不得接近。

「你們跟着警察，逐層拍門疏散住客。」

警長指揮酒店每層的主管行動，將酒店最低四層

房間住客、酒店中西餐廳咖啡廊的顧客和員工，全部疏散到地下大堂。

「我正在熬湯呀，廚房的火怎麼辦？」酒店廚師堅持不肯走。

「我未化妝呀，怎見人呀？」一位女住客吵着不肯立即離開房間。

「I'm OK，I won't leave。」一位很有自信的外國中年男人聳着肩說。

別以為處理「炸彈」就是僅僅炸彈而已，警方要處理的人事「炸彈」更多更繁！

這麼重大的案件，你說派誰最合適？當然是搜爆一哥Jeffrey大飛。

一哥出馬，非同小可！一抵現場，Madam周一聲「SEARCH！」話還未說完，Jeffrey大飛已自自然然地發揮一哥本色，表現英勇神武。他四處嗅聞，用鼻查案，在可疑物品下經過，卻完全沒有停駐坐下的意思，換言之，在他的犬鼻下，這兒沒有炸彈。

「Jeffrey會不會搞錯了？」

「不是真料？」

一眾警察兄弟第一個反應是擔心Jeffrey大飛犬鼻出錯，這也難怪，人們自命是萬物之靈，也常常出錯，

更何況是被他們視為「畜牲」的犬類？而且，Jeffrey 大飛因為上次酒店搜彈腳套的笑話，已經「畫花」了一百分的紀錄，還留下了笑柄，誰又會對小丑犬百分百相信？

炸彈專家依足規矩，穿上保護衣物，帶着拆彈機械人，小心翼翼地寸進，移近可移物品。

一旁的 Jeffrey 大飛犬鼻嘴角微微翹起，對專家的煞有介事，正嗤之以鼻。

Madam 周再次小心地將 Jeffrey 大飛領近可疑物品處，Jeffrey 大飛轉了個圈，垂着尾巴愣愣站着，再一次表示現場並沒有發現「炸彈」、「炸藥」。

由於炸彈可以聲控引爆，在場任何人都不可張聲，飽經訓練的搜爆犬和領犬員當然嚴守搜爆安全守則，全場靜默，一切，用身體語言溝通。

Madam 周皺着眉頭緊緊瞪着 Jeffrey 大飛，明顯對他的表現有所懷疑，她的眼神就像要對 Jeffrey 大飛說：「Jeffrey，今次再出醜，看我怎整治你！」

就在這時，警長接到通知，說銅鑼灣地鐵站內也發現「炸彈」的可疑物體，囑咐大家要小心。

香港，果真變成了「炸彈之城」！

Jeffrey 大飛貼着 Madam 周的左腿，站在遠處，

氣定神閒，看着拆彈機械人笨手笨腳地移近「炸彈」，執行引爆任務，不禁咧嘴冷笑。

「都通知你們啦，詐彈罷了！又不相信我！」

果然，許多分鐘後，傳來「噼」的一聲細響，「炸彈引爆」了，宣布這只是虛驚一場！

餘下的是六個小時的封路後遺症：交通大亂，酒店住客被「禁錮」的不滿：

「噓！詐彈罷了！這樣緊張，勞師動眾！」

「證實是真炸彈後再封路趕人都不遲啦，多此一舉！」

「喂，我要去機場，這樣一來，上不到飛機，誰負責？」

鬧劇一場，到底是誰和警方開玩笑，或者想試探香港警察的實力？

這只好留待 CID 偵察組兄弟去調查了！

Jeffrey 大飛打了一場漂亮的仗，又贏回了「搜爆一哥」的聲譽，下班後，Madam 周特地賞了 Jeffrey 大飛一大件牛扒，引得大家口涎直流！

這個時候，在銅鑼灣，又上演另一幕「炸彈」驚魂。

這一天，我 Nona 露娜難得和十三少 Epson 阿爽

一起行 beat，母子倆被編在一起工作，很罕有，所以特別覺得開心。

一下車，就感到渾身不舒服，我們當然知道，銅鑼灣是香港著名的購物區，人流不息，繁華熱鬧。只是，這兒人多車多，扒手多乞丐多，屏風樓多，食檔多，空氣甚不流通，走在街上，尤其是炎炎夏日，更使人苦不堪言，而現在，正是七月大暑天！阿爽爸爸 Max 麥屎中暑險死的景象，仍歷歷在眼前。

「乞嗤……」Epson 阿爽小子，歪着頭打了個噴嚏。我也禁不住鼻子發癢。

滿街的煙灰缸垃圾桶，街道兩旁，日夜都有煙民羣集，圍着垃圾桶吞雲吐霧，任由吸剩的煙頭，躺在垃圾桶上，肆無忌憚燃燒着，發放難聞的臭味，嗆得我 Nona 露娜和 Epson 阿爽鼻子癢癢的，長此下去，我們靈敏的犬鼻一定會變得壅閉不通，或者過分敏感，失去準確嗅索功能。

「臭煙，臭死了！乞嗤……」Epson 阿爽說時，咬牙切齒，對煙味，他恨之入骨。

「燃燒香港！討厭！」我說，強忍鼻子的發癢和要打噴嚏。

銅鑼灣是個濃味的地區，那一串串一條條，都像

炸彈！

有像圓珠彈的魚蛋、像導彈的薯條，在街頭散放着濃濃的五辛香料和油炸氣味，引誘人們的味蕾。你看，衣着入時的年青男女，穿着校服背着書包的學生，還有大嬸大叔們，不都站在街上「吃彈」嗎？對我們警犬來說，這可也真是難於抗拒的誘惑，尤其是年輕衝動的 Epson 阿爽，好幾次，我 Nona 露娜就看見他伸出舌頭，口涎長流。

「汪，喂，兄弟，我想吃黑心腸呀！」Epson 阿爽饞嘴，令我想起好友阿 Lord 囉友，他便是饞嘴偷吃街上毒餌，現在仍然生死不明。

香腸小食店烤爐上排着啡色的、紅色的、白色的、黑色的香腸，香噴噴的躺在烤爐上，煞是好看，煞是誘犬，尤其是 Epson 阿爽說的黑心腸，胖嘟嘟的，即使是我 Nona 露娜，也禁不住吞口水。

對銅鑼灣的氣味，惡臭的要忍，誘惑的也得忍。

我 Nona 露和 Epson 阿爽貼在陳 Sir 和球 Sir 左腿，在銅鑼灣巡邏，走到崇光百貨公司的後面，忽然，我們同時嗅到空氣中瀰漫着火藥味，混雜在咖喱魚蛋、五香牛什、香炸薯條和惡臭煙味中！

如果不是犬鼻靈敏，是不能發現的！

你看，路上行人根本就不察覺大禍將臨！

「空氣中有火藥味。」Epson 阿爽對我説。饞嘴的 Epson 阿爽，竟然仍能夠在誘人的香氣中聞到火藥味，可見他對火藥的敏感，果然是天生的搜爆手。

「不錯，就在右前方。」我嗡動着犬鼻，證實了 Epson 阿爽的發現。

我們高高昂起頭來，努力地追嗅，扯着犬索前進。

陳 Sir 和球 Sir 意識到我們有所發現，牽着犬索，緊緊地跟隨我們的步伐。

在地鐵站 D 出口，我們立住了腳步，那氣味，便是從地鐵站內散發出來！

就在這時候，陳 Sir 的通訊器響起來了：

「伙記，報告所在位置。Over。」

「銅鑼灣東角道崇光後面。Over。」

「正好，接報銅鑼灣地鐵站 D 出口大堂公眾電話亭有疑似炸彈的可疑物體，兄弟正趕往處理，你們先封閉地鐵站入口，勸阻市民進入。Over。」

「收到了，Over。」

「Epson，果然醒目。」球 Sir 輕拍 Epson 阿爽的脖子稱讚道。

陳 Sir 帶着我 Nona 露娜到附近的另一個地鐵站出

口執行封閉任務。

「這個地鐵站口要暫時封閉，請不要進入。」陳Sir 勸諭市民道。

香港人就是愛看熱鬧，越是勸諭他們離開，他們就越要聚集圍觀鼓噪。

人羣中有一個白臉青年，他手中的膠袋內藏着腐蝕性液體！

我扯着陳 Sir，在他身旁坐下來。

陳 Sir 正要向他查問，一個阿伯卻叫嚷道：

「這是搞什麼鬼，動不動就封路鎖街！」

看他的氣焰，他的德性，魯莽火爆，出言無忌，難道就是在香港聞名已久，最愛叫嚷吵鬧搶出鏡的某位阿伯？

這時，白臉青年已竄進人堆中，消失得無影無蹤。如果當時即場將他逮着，或者就不會發生後來銅鑼灣天降腐蝕性液體的事件吧！

「阿伯，你少動氣，地鐵站有炸彈呀，你想遍體開花麼？」一位貌似老師的斯文大叔對阿伯說。

阿伯不甘被人當眾奚落，反駁道：「你怎麼知道有炸彈？難道是你放的。」

「喂，阿伯，你不要含血噴人！」斯文大叔被氣

得臉紅耳熱地爭辯道。

說也奇怪，真的有火藥味從他那一邊傳來，淡淡的、輕輕的，若有還無。

我 Nona 露娜全身繃緊，兩耳豎直。

「Nona，STAY！」陳 Sir 現在奉命要執行的是「不許人進入地鐵站」的任務，怎容得我節外生枝？

但是，斯文大叔分明身帶火藥味，這氣味就跟地鐵站內傳出的相似，他可能就是「製彈狂魔」！

人羣從地鐵站出來，面帶驚慌，一個手抱嬰孩的大嬸叫嚷道：

「炸彈上寫着『BB 勿近』呀！你們不要下去呀！」她的聲浪太大了，嚇着了她手中的嬰孩，嬰孩「哇哇哇」地哭起來⋯⋯

「炸彈上寫着『警犬勿近』呀！好害怕呀！」一位看來像白領的、穿黑套裝女子喊道。

「到底是『BB 勿近』還是『警犬勿近』呀？」人羣中一把聲音問道。

地鐵站下面情況未明。

大批兄弟趕到了，正式架了鐵馬，拉了封條，封鎖東角道及附近幾條街道，疏散人羣；這時，地鐵公司已接獲警方勒令，關閉了附近三個出口，及時疏散

了站內候車乘客，地鐵站內外多間店舖亦要關門，暫停營業。

同時，偵察組兄弟證實了地鐵站 D 出口大堂公眾電話亭確實有可疑物體，長六呎，直徑一吋半，外層用電線膠布包上三條電線，前面用紅字寫上「BB 勿近」四個字，後面則寫上黑字「警犬勿近」四個字。

市民沒有說錯。

是「BB 勿近」！

也是「警犬勿近」！

的確駭人！

到底「這東西」是什麼來着？

爆炸組兄弟到場，證實這東西內有火藥成分，除了「BB 勿近」和「警犬勿近」八個提醒字眼，沒有發現其他恐嚇字句，地鐵公司亦沒接到恐嚇電話、恐嚇電郵或者恐嚇字條。

拆彈機械人又奉召到場了。看，那坦克不似坦克，說是「人」又沒人樣的怪物出場，我和 Epson 阿爽不禁咧嘴偷笑。

「砰砰砰砰……」隨着連聲巨響，大量濃煙從地鐵站出口飄散出來。

在場圍觀的市民立即拍手歡呼。

噢，有彈有讚，可愛的香港人！

拆彈機械人成功引爆了炸彈，證實是一枚海上求救煙火彈，屬受管制物品，使用人多數是貨船、遊艇水手或海上運動員，作求救之用，現在被人用三條電線紮成炸彈物體，放置在熙來攘往的地鐵站 D 出口大堂公眾電話亭中，還寫上「BB 勿近」、「警犬勿近」幾個字，以製造恐怖氣氛。

擾攘了幾個小時，道路終於解封了，無人受傷。

偵察組 CID 兄弟在現場套取指模，又翻看地鐵站內和附近店舖閉路電視錄影帶，希望儘快找到放置煙火彈狂徒。

「哼！有什麼了不起！拆彈罷了！」那個阿伯又張聲吵鬧，吸引注意力。

看來，世界上是沒有什麼事可以令阿伯這類人感動和滿意的了，這種人，看見人家在前線出生入死，他仍要在背後指指點點，到處大放厥詞，煽風點火，或許只有這樣，才能夠證明他的存在價值吧。

任務完成，我 Nona 露娜抬頭要找尋那貌似老師，身帶火藥味的斯文大叔，卻已經不見了他的影蹤。看來炸彈驚魂，在這奧運的日子，將陸續有來，「搜爆三犬子」的工作可夠忙的。

第六章　萬金之駒

　　四十二個國家和地區，二百一十八匹駿馬來香港參賽，你猜，要動用多少警力去保安？

　　或者你說，奧運馬術賽前夕，為確保比賽順利進行，警方雷霆反黑，長達兩個月的「雷霆〇八」四十五天反黑行動，已在粵港澳三地搗毀了各類犯罪集團一千六百八十八個，拘捕了嫌疑人二萬五千人，繳獲大量槍支、子彈和毒品，奧運保安的工作壓力是大大減輕了吧？

　　那又怎樣？哼，我們就是收到線索，奧運期間，有組織在不同地方秘密招募人員，特別是願為「聖戰」獻身的「英雄」，還四處蒐集各種爆炸物品和原材料，物色製槍製爆技術人才，加緊製造爆炸裝置，到時，不但「遙控爆炸」會在巴士電車或街上派發，「人肉炸彈」在各人流眾多的地方橫行，更可能有「毒氣彈」速遞到各車站和各線火車地鐵，甚至有「毒肉」贈送給各餐廳酒家……

　　他們在網上和空中播放一首「英雄，歡迎你！」

的歌曲，你聽過嗎？

天堂大門常打開，開放懷抱歡迎你，

攜彈到來了不起，第幾次來沒關係，

天大地大都是朋友，請不用客氣，

毒氣彈藥帶笑意，只為等待你，

有夢想誰都了不起，有勇氣就會有奇跡，

英雄，歡迎你！

We are ready！

人與人之間，放下仇恨衝突為什麼這麼困難？

忽然又接報：沙田和上水雙魚河奧馬場地保安人員說：因為去洗手間須用一小時，由山頂走到山腳，安全檢查時間又過長，工作環境惡劣，工作太辛苦，已有數十人請辭云云⋯⋯

「Are you ready？」

「汪汪，Yes，Sir！」校場上，眾犬同心，與罪惡誓不兩立，永不退縮！

牠們到達了，剛在操場完成安全檢查的我們，在很遠處站崗，觀看貴客下機。

哇，果然派頭十足！影子未見，大批獸醫連同醫療專車、空調運馬專車已在此恭候多時。

警察和特訓保安分布在各個角落站崗。

「汪汪，為什麼機門打開這麼久了，還不見牠們下來？」Baggio 小巴悄悄地問身邊的 Epson 阿爽道。

「要先由獸醫上機，檢視牠們的健康狀況，包括量度體溫和抽血，一切正常才可以帶離機艙，登上空調運馬專車。」球 Sir 對洪 Sir 說道。

咦，回應真準確，難道他們聽得懂犬語？

「唏，來了！」人犬引頸翹望，比看「嘅模」還要雀躍。

運馬專櫃從飛機上卸下來，車門打開了，我們看見那些馬格和地面都鋪上防撞軟墊及防踢橡膠板，以防馬匹在旅途上情緒不安而踢腳受傷。想當年，我們十頭瑪蓮萊犬離鄉別井，擠在機艙內，要忍受不時的左搖右晃上下顛簸，機艙內大小動物的排泄物臭味，下機時四腳發軟，差點站立不穩。哪有這種「皇室待遇」？

「汪，我們到港時，就沒有這種豪華派頭。」

「哼！尊敬的貴賓，小心忽冷忽熱，傷風感冒呀，汪！」

「哇，型仔呀！」

只看第一匹下機的貴客，便叫我們目瞪口呆。

看牠，俊朗漂亮，一身毛色雪白，眼睛黑黑亮亮的，長長的睫毛一眨一眨，眼眶包着短短的淺色棕毛，

像美少女畫了眼線眼影；深棕色的嘴巴，配着淡淡的棕毛向上伸展，為白色的軀體增添了高雅；腳上包了腳腿，全身潤澤生光，在陽光下顯得格外貴氣。

身穿熒光背心的獸醫小心翼翼地把參賽馬牽下機，帶上空調運馬專車。

「這些參賽馬匹，每匹最起碼值一千二百萬港元。」我們聽到陳 Sir 對其他兄弟說，為之咋舌。

「那可以買多少骨頭？」饞嘴的 Epson 阿爽搖着短尾問道，這個十三少，最重要的是吃和玩。

「哼，買你的狗頭！」一向沉默寡言的 Dyan 阿歹，忽然衝着 Epson 阿爽忿忿不平地說，看來，她心中滿是抑鬱不平。

「在你頸上的那個又是什麼？」Epson 阿爽爸爸 Max 麥屎冷冷地道。

我們順着 Dyan 阿歹的頭上看去……哈哈哈……汪汪汪……Dyan 阿歹立即低頭垂尾，走回 Madam 身旁。

「更年期，應該退休了吧。」警犬隊中，不知誰說了這一句話。

「汪，來了！來了！」Baggio 小巴雀躍地搖着短尾叫起來。

「汪汪！哇哇！」Epson 阿爽也興奮地搖着短尾

附和。

「STAY！QUIET！」警犬老爸喝道，一眾當值警犬立即噤若寒蟬。

運馬專車由警車開路，經青馬大橋，再經尖山隧道，直駛沙田奧運馬術村。如果原路線發生情況，車隊會立即改用第二方案，改經城門隧道，或者大欖隧道，總之，警方計劃周詳，要確保萬無一失。

「你是過埠勞工，人家卻代表國家來爭奪世界殊榮，我們和牠們又怎可以相提並論呢？」

在跳上警犬車，要趕在他們到達前進行最後的安全檢查時，Max麥屎在我耳邊輕聲地說道。他始終思想成熟過其他犬。

正因為貴客嬌貴，所以牠們也時刻處於危險環境中，億萬富豪和家人，不是經常受到擄人勒索的威脅嗎？

他們幸福嗎？你說呢？！

有尖沙咀東部香格里拉酒店燈柱上「詐彈」在前，銅鑼灣東角道崇光地鐵站內「煙火彈」在後，我們一定要小心審慎，保護賽馬和騎師安全。

還有我Nona露娜和Epson阿爽知道的身攜腐蝕性液體的白臉青年和身帶火藥味的疑似老師的那個人之外，還有無數心理行為怪異的香港人，專程來「搞

事」的非香港人，更有蠢蠢欲動的要利用奧運時機吸引世界傳媒注意的各路示威者呢？挑戰警力者何其多，做警犬也不容易，想起便心裏發毛。

「除腳套外，有什麼可怕的？！」這一哥Jeffrey大飛，有時也真有他天真可愛的一面。

運馬隊伍包括十一部設有電腦監察儀的大型空調運馬專車，十四部馬匹救護車，兩部獸醫專車，兩部緊急工程車，浩浩蕩蕩分批出發，由警車開路，以不超過四十公里的穩定速度，經青馬大橋，直駛沙田奧運馬術村，沿途警方早已布置人馬，封鎖道路，安全檢查，空中還設有禁飛區，警隊嚴陣以待，保安工作做到十足，一切，就照原定計劃進行，要保證無驚無險。

那些參賽馬匹，平均身價過千萬，運費高達五十萬。今次奧運，馬術比賽二百匹參賽馬和二十五匹後備馬，單是馬匹運輸費開支已過億元，此外，要配合牠們來作賽，更要建設冷氣馬房，每間面積是三點六平方米。

「牠們簡直是 Born in the purple ！」來自英國的Jeffrey 大飛説。

這句艱深的英文諺語，來自荷蘭的和土產的瑪蓮萊犬們，如何能聽得明白？自然是頭愕愕的，不明所以。

「想你們也不明白，來，選擇題，

A. 出生時皮膚呈紫色；

B. 喜歡紫色；

C. 出身貴族，

三選一，答中有獎！」來自英國的Jeffrey大飛說。

「好，就獎看你穿腳套。」Baggio 小巴頑皮本色盡顯。

Jeffrey大飛覺得沒趣，掉過頭去：「沒文化，無聊！」

牠們出身高貴，是奧運馬術主角，不小心保護，當然不可以！更何況，正如警犬老爸說：

「這些萬金之駒在香港出事，便是香港的恥辱！」

「香港的第一次，一定要讓全世界看好的！」

一路上，汽車都要讓路，這是理所當然，「馬路」嘛，本來就是要給馬行的！

就在過青馬橋時，全列車隊忽然停了下來。

「有一匹馬在鬧情緒，撞門嘶叫，先在路邊停一停，安撫牠一下。」獸醫報告說。

想不到，馬匹這種龐然大物，有時候比小狗小貓還愛撒嬌！要是我們在警犬隊這樣撞門嘶叫，不被判為神智失常，性情怪異，思覺失調，立即收監，甚至逐出警犬隊才怪！

　　運馬車車門打開了，我們在很遠就看到那匹吵鬧的傢伙──一匹全身棕色，外形俊美的賽駒，額上鬃毛根根直立，左右雙肩上兩道大燕尾，一看就知是匹剛毅彪悍、脾氣暴烈的英國賽駒，牠正在用蹄子狠狠地撞踢運馬箱，好像恨不得將身前的障礙物踢個稀巴爛一樣。

　　獸醫需要時間安撫牠的情緒，給了我們充裕的時間先趕赴沙田。

　　「汪，困得太久了，有壓逼感，要發洩一下吧。」

　　「我說呀，汪汪，牠是有幽閉恐懼症才真。蒙眼困在機艙十幾個小時，抵步後又再困在運馬車廂中，太恐怖了，任誰也會受驚了。」

　　「哼，表面高貴的教養，萬金之駒？原來徒得虛名！汪汪！」

　　「動不動便鬧情緒，我看，比賽一定勝不了，赫赫赫！汪汪汪！」

　　一路上，警犬們議論紛紛。

　　另一邊廂，護送奧馬要員的一列專車，也在落馬洲古洞路上停下來。

　　我們的一位姓蘇的交通警察兄弟，正靜靜地躺在地上，他駕駛的警察電單車則翻側一旁。

　　原來蘇兄弟奉命駕駛警察電單車為奧馬貴賓列車開路，不幸地在落馬洲古洞路歐意花園一個地盤附近失控翻車，重傷昏迷，結果送院不治。出師未捷，蘇兄弟成為奧馬工作的第一個犧牲者。他雖然不是我們警犬隊的兄弟，但始終兄弟一場，我們聽到消息，也感到內心不安，全體靜默下來，表示哀悼。

　　想不到，那邊廂，沙田奧運馬術村，也正劍拔弩張。

　　大會規定，所有記者進入馬術場採訪，報道賽馬抵達的丰姿，他們都要通過「拍」、「嗅」、「測」、「搜」四關。

　　「拍」，記者先要「拍卡」核實身分。

　　「嗅」，經過我們警犬嗅聞，看看有沒有攜帶火藥或其他違禁物品。

　　「測」，嗅完便要測，即人要通過金屬探測機，隨身行李則要過 X 光機檢驗。

　　「搜」，測完後要搜袋，這是正常程序。

　　「這位先生，請打開你的袋子。」

　　「我來採訪罷了，用不着像做賊般被搜到底吧？」

　　「先生，請你合作，後面還有許多人。」

　　保安員逐一將他袋子裏的物品拿出來，相機、水

壺、輔幣袋、外套、襪子、記事簿、眼鏡套、雨傘⋯⋯什麼都有，就是找不到「疑似金屬物品」。

「你開袋翻了超過十分鐘，還不滿意嗎？你到底要找些什麼？」被仔細搜查的「記者」按捺不住，要發脾氣了。

「我們來採訪罷了，為什麼要把我們當恐怖分子辦？」後面有他的行家起哄道。

「嗅完測，測完搜，好過分哩！」一呼百應，噓聲四起，場面開始緊張了。

警犬老爸領着我們，冷冷站在一旁，我們機靈地瞪着鼓噪者咧嘴，讓大家看到我們尖尖的犬牙，奇怪，他們竟然漸漸地冷靜下來，安靜地和保安員合作。

當保安員拿起那件外套，要將它放回袋子裏時，卻觸摸到一些硬物，翻開內袋一看，竟然是一把萬用刀！

「先生，這個不能帶入會場。」

然後，在眼鏡套裏還發現了螺絲批，在雨傘裏更貼着指甲鉗。

這些，當然統統要被沒收。

「喂，我不知道有這些條例，我又不是要上飛機，你不能沒收我的財物！」

不知道？卻收藏得這麼隱蔽？想騙誰？

結果，為了息事寧人，保安員終於告誡他下不為例，將充公了的物品登記，待他離場時取回。

「我就是特意來挑戰保安系統的，看它到底有多嚴密！」過了檢查，那記者卻自鳴得意地對行家說。

站在一旁的 Tyson 泰臣，早就看不慣這樣的嘴臉，歪着頭用鼻孔噴了一道氣：「哼！哼！」

「天氣太熱了，小心犬隻中暑。」警犬老爸提醒兄弟們說。

他會錯意了？還是故意的呢？

唉，警犬老爸太有智慧了，他的心意，我們小犬哪能捉摸得到？

結果，每天都有報道說「記者」挑戰奧馬保安漏洞怎樣怎樣。據說，日月報記者真的如偵探般有發現，在雙魚河賽場後山圍網底部出現了一個足以讓一個成年人穿過的破洞！

奧運保安工作，事無巨細，即使傾巢出動，金屬探測器，六十頭警犬，三千五百位警察兄弟，在沙田和雙魚河布置了二十八個安全檢查站，但無數的觀眾席，偌大的兩個比賽場地，甚至是兩間主力酒店，即沙田麗豪和九龍香格里拉酒店，以及維多利亞公園和

沙田公園奧運文化廣場，都要派警察駐守，協助保安進行安全檢查，如何保證萬無一失？對警隊真是個考驗。人和犬，雖然士氣高昂，但也難免都戰戰兢兢，誠惶誠恐，擔心出錯，否則，像美國亞特蘭大奧運會般發生文化廣場炸彈爆炸，死傷數以百計，那才使警隊顏面全失！唉！

警犬老爸說，一待賽事完成，他便功成身退。

老爸，這怎可以？那我們寧願賽事永遠不結束。

沙田馬術村，今天烈日當空，氣溫高達三十五度，真真難熬的。

被編駐守入口處，無遮無擋，日曬雨淋，一更四小時，告訴你，出太陽時是乾煎，叫你覺得虛脫，熱得要暈倒；下雨時變落湯雞，雨水從耳孔、鼻孔直入，叫你覺得頭痛，冷得全身發抖！

比賽還未正式開始，上水雙魚河場地卻傳來少女義工中暑的消息，聽說接報在十分鐘內便已到達的救護車，因為要通過重重安檢，結果在二十八分鐘後才接到患者，幸好她情況不嚴重，否則，弄出人命，警隊一定被傳媒鞭撻！

馬術比賽三大天氣「大敵」：暑熱壓力、颱風暴雨、狂風雷暴。

難道，這不也是我們警犬的「大敵」？！

身嬌肉貴的賽馬，住進了設備豪華的馬廄。

這馬廄，在初建成時，Jeffrey 大飛、Epson 阿爽和 Baggio 小巴搜爆三犬子曾奉命進入搜嗅過，Baggio 小巴報告說：

「裏面長時間開着空調，保持攝氏二十二度恆溫，還有吊扇，吹送陣陣涼風，每個角落都通爽涼快，可以在裏面跳彈牀就最好了，赫赫赫！」

「裏面還有獨特的飼料盤、自助飲水器⋯⋯最好玩的是有滾沙圈，讓馬匹在不開心的時候滾滾沙宣洩一下⋯⋯」Epson 阿爽面露羨慕的神色。

「聽說賽場還設有特備噴霧降溫棚和流動降溫車，用冰水和噴霧電風扇，沙沙沙，替比賽完的馬匹降溫，好矜貴呢！」Jeffrey 大飛見兩小犬說得興起，忍不住加一把嘴說，否則，又怎能表現他一哥見多識廣呢？

「這樣說，裏面簡直就是天堂！」我們的表哥的表哥——德國牧羊犬 Bo Bo 面露羨慕神色說。

「Yeah，簡直媲美六星級酒店！」

之前，「搜爆三犬子」曾經進入馬廄實習搜爆工作，看過馬廄設備，一犬一語，說得眉飛色舞。

第七章　神秘的導盲犬

今天，是奧運馬術比賽日倒數第七天，七天後奧馬便告開幕了。

令人擔心的是，天文台預測，在奧馬期間，可能有幾個颱風來襲。

大地被烈日蒸得發燙，南中國海熱帶氣旋的先頭部隊，正擲出熱鍋罩來把香港罩住，怪不得這幾天我們感覺到暑熱壓力急升。

奧馬場內外的保安工作一絲不苟。各警犬在不同崗位上執行任務。

「搜爆三犬子」被安排在最重要的地點——馬廄的背面牆外輪流把守，任務是防止閒雜人等接近馬廄建築物，對參賽名駒造成滋擾。只是，當那些貴客在享受冷氣時，馬廄的冷氣機出風位正好對着他們站崗的位置，害得他們飽吃熱風，要不停地把舌頭往外伸散熱。

馬廄內雖有空調，氣溫保持二十二度，但低氣壓籠罩，那些萬金之駒也明顯心情躁動，表現不安，我

們在外面駐守，很多時候，都聽到裏面傳來嘶叫聲音。

這一更，Baggio 小巴和 Epson 阿爽當值，好朋友合作，當然開心，不停比拼誰的尾巴比較短。

遠處，出現了一頭金毛尋回狗，背着一個小背包。

後面跟着一位拿着枴杖的老人家，正朝着馬廄後方走來。

「汪，金毛，這是禁區，不要過來。」Epson 阿爽首先向從遠處走近的金毛尋回狗提出警告。

「老人家，這是禁區，不能過去。」負責守崗的洪 Sir 和球 Sir 攔阻一老一犬道。

「我每天都是從這裏回家的，阿 Sir，我盲的，方便一下吧。」盲眼老人苦苦哀求道。

就在這時候，Baggio 小巴和 Epson 阿爽卻雙雙在金毛尋回狗的前面坐下來。

赫！這是發現炸彈的訊號！

一眾警官立即大為緊張，拖住盲眼老人，要將他帶離「危險」現場，金毛尋回狗亦步亦趨，這不奇怪，牠是一頭導盲犬嘛。

用金屬探測器探測，沒什麼發現，洪 Sir 問老人家道：「你那隻狗的背包裏有什麼？」

「你不是懷疑我吧？我又年老又盲，還能夠有什

麼？」老人家激動地說，嘴唇快速地緊閉了一下，Baggio小巴和Epson阿爽知道，這是人類撒謊的表情！

問題出在哪裏呢？

洪Sir見金毛尋回狗安靜平和，便大膽地解開牠背上的袋子搜查，只找到一條毛巾和一瓶清水。

「阿Sir，你搜到什麼？你說。」老人家大聲哭着說。

「對不起，老人家，例行職責，你不要介意。」洪Sir、球Sir一面瞪着Baggio小巴和Epson阿爽，一面向老人家道歉。

「警察欺負盲眼老人呀……嗚嗚嗚……」老人家嚎啕大哭大吵道。

機靈如獵犬的記者聞聲跑過來。

「阿Sir，發生什麼事？」

「警察為什麼要弄哭一個盲眼老人？」

「老人家住在那一邊，警察為什麼不讓他回家呢？」

「懷疑有炸彈？警犬報錯料吧？」

「堂堂警隊，欺負老弱，不覺得羞恥嗎？」

被「拍嗅測搜」保安程序弄得憤懣煩躁的記者包圍着警察兄弟，七嘴八舌，而一老一犬，早已趁機溜

走，Baggio 小巴看着那老人家的腳步，覺得有點古怪，但又說不出所以然。

因為「胡亂示警」，惹來麻煩和批評，洪 Sir、球 Sir 當然生氣，罵他們道：「短尾仔，被你們累死了！」還整天不理睬他們。

Baggio 小巴和 Epson 阿爽，作為警犬，最傷心最害怕的是被主人奚落和冷落。

短尾兩小子整天顯得無精打采、悶悶不樂的。

倒數第六天，颱風北冕逐漸逼近。

今天這一更，Baggio 小巴值勤。

老人與狗在同一時間，又再出現。

他們在老遠，Baggio 小巴已經機靈地仰頭，嗅索空中的氣味之路，在金毛尋回狗走近時，Baggio 小巴再次在牠身上嗅索，仔細而認真，然後又像昨天一樣，蹲下來示意。

一眾警官立即又大為緊張，然後是截停——探測——搜袋——又是只發現毛巾和清水！

「阿 Sir，你又要搜什麼？想栽贓嫁禍呀？你說，你說呀……人老就要被人欺嗎？」老人家大喊大嚷，哭叫起來。

很明顯地，要吸引附近的記者過來。

　　果然，記者們又跑過來包圍着警察兄弟⋯⋯

　　案件重演，那一老一犬，又趁機溜走。

　　Baggio 小巴覺得很奇怪：明明有那股氣味，怎麼就是找不到危險品呢？ Baggio 小巴甩着頭，不明白是怎麼一回事。

　　「這背包真的有古怪，但為什麼又搜又探測卻沒有發現？」Baggio 小巴對剛在別處執勤回來的 Epson 阿爽説。

　　「我也嗅到空中有一股爆炸品的氣味，不強烈，只是淡淡的。」Epson 阿爽肯定了 Baggio 小巴的懷疑，可是，怎樣才能讓兄弟們知道呢？

　　年輕的警犬感覺到人犬之間，溝通的不足了。

　　Baggio 小巴再次被洪 Sir 狠狠地罵了一頓，還罰他銜着犬索蹲立，不許張聲，不許動彈。

　　Baggio 小巴被冤枉，作聲不得，又口銜東西，天上的太陽更無情地將萬支「火箭」射到他身上。他又氣又辛苦，只能夠在齒縫中發出「咕咕」聲。

　　「還忿忿不平麼？再不乖乖的，看我再怎樣教訓你。」十分鐘後，洪 Sir 將他拖到樹蔭下，給他水喝。

　　倒數第五天，颱風北冕襲港，天文台懸掛三號風球，人跡稀少。今天，Baggio 小巴夥同 Epson 阿爽當

值，洪 Sir 說：「Baggio 再無事生非，就要罰坐牢！」

天生樂觀的兩小犬子沒把不快經歷放在心上，正興致勃勃地玩遊戲。

「喂，小巴，你知不知道香港有許多地方和街道是用『馬』字命名的？」

「傻犬，我們現在不就在沙田馬場嗎？鄰近馬料水，那天護送馬匹來時經過馬灣大橋，下面就是馬灣、馬灣大街、馬灣涌。」Epson 阿爽當然難不倒聰明的 Baggio 小巴，在日常執勤行 beat，他一定留心領犬兄弟的每一句話，他一口氣說了六個用馬字命名的地方。

「以前放假，波仔就愛帶我去跑步，香港島那邊有跑馬地，或者上金督馳馬徑跑山，從寶馬山道直上，再拐上小馬山，北角下面還有馬寶道，灣仔有馬師道、駱克道，赤柱有馬坑村。」Epson 阿爽這小子，竟然替球 Sir 起了諢號，將球轉作波，叫他「波仔」！

Baggio 小巴當然不甘示弱，連忙接口道：「九龍有馬頭圍道、馬頭涌道、馬頭角道、馬棠路、馬山村、馬坑山、馬角咀、馬己仙峽道……Yes，阿爽，我數了八個……」Baggio 小巴沾沾自喜，一副勝利模樣。

「不對，馬己仙峽道不在九龍，在香港半山。」

「駱克道也不能算，沒有馬字！」

「怎麼沒馬字？駱字不是有馬字旁嗎……」

兩小子吵着說。

這天，老人與狗沒有出現。大家都舒了一口氣。

倒數第四天，一切風球除下，下着霏霏細雨，天氣稍為涼快。選手們急不及待，要帶馬到室內操練。萬金之駒卻在發脾氣吵嘴……

「討厭，天天抽尿，說要化驗，有什麼好驗的！」

「話可不是這樣說，如果你吃了禁藥，大展威風，比賽勝了我，那豈不是很不公平？」

「你少懷疑，問問你自己為何這麼不濟，駑駘一匹，比賽總在我後面吧！」

「你不用看扁我，今次，我一定要快馬一鞭，勝過你！」

「在歐洲各項賽事上，你總是馬眼睜睜，看着我駿馬奔馳，自己卻是駑馬擋道。在奧運賽上，就別跑到馬失前蹄，馬吐白沫，死了也沒有馬可憐你！」

「你別馬眼看馬低，怕你驕馬必敗，到時我馬不停蹄，驍悍驤騰，馬到功成，讓你看得驚心動魄，驚惶失措，落得個馬革裹屍還！」

果然是高等動物，吵架也是馬馬聲的，叫犬佩服。

「你詛咒我！」

「你馬口長不出象牙！」

接着，「砰」的一聲，好像有什麼東西踢了什麼一下似的。守衞在外的 Baggio 小巴和 Epson 阿爽被嚇了一跳：「汪汪汪，搞什麼鬼？」

沒了聲響，畢竟，高貴的馬是要保持紳士淑女的形象的。

練馬師來了。「來，寶貝，今天讓你們到沙池打滾滾，舒舒悶氣。」

這時，老人與狗再次出現了。

這一次，Baggio 小巴和 Epson 阿爽緊跟着背着袋子的金毛尋回狗，他倆抽搐那濕答答的鼻頭，用心吸嗅，迎風吹來了夾雜些許馬糞的騷臭、些許燒焦植物的氣味，但這無礙犬鼻的神通。Baggio 小巴和 Epson 阿爽雙雙在金毛尋回狗前方坐下，狠狠瞪着牠背後的袋子，耳尖跳動。

兄弟們面露猶疑之色，搜還是不搜？

兩搜爆犬同時示警，沒錯了吧？好，搜！

「嘻，短尾仔，我看你們又要出醜了，汪汪！」

結果？

洪 Sir 和球 Sir 再「三」出醜，面面相覷，尷尬萬

分！是搜爆犬弄錯了，還是老人將危險品收藏得太好呢？

「Baggio，你錯了再錯又再錯，搞什麼鬼呀你！」洪 Sir 罵道。

「Epson，你簡直就是跟尾狗！別人做你又做！」球 Sir 罵道。

老人捶胸大哭，金毛尋回狗嘴角冷笑：「短尾仔，我早已批你們要出醜啦！」

Baggio 小巴和 Epson 阿爽愣愣地看着老人與狗在他們的眼前走過。這一老一犬，到底有什麼陰謀？

搜爆兩子再三犯錯了，換來被黑布蒙頭，飽嘗黑暗寂寞的恐怖滋味。

犬類最怕寂寞和被遺棄，兄弟們的冷淡，加上被黑布蒙住眼睛，兩小子犬頭垂下，情緒驟然低落了。

倒數第三天，天空仍然細雨霏霏，天氣涼快，盛裝舞步和越野障礙賽的參賽馬匹紛紛出動操練了。

有近七十匹馬上陣，六十八組障礙物，近五公里的賽道，選手騎師要在八分鐘之內完成，即以每分鐘以五百七十米的速度跨過障礙物！

一匹馬在平地跑一千六百米，便已經開始腳軟，香港賽事要跑四千五百六十米，加上大暑八月天，

三十幾度氣溫，多麼不容易呀！

對人和馬將是極大的考驗。

這使我們對出賽的駿馬不由心生敬佩。

我們犬類，絕對活在當下，不會浪費時間想過去，快樂不快樂；也不會焦慮地想將來，什麼可怕不可怕。對於昨天的事，Baggio 小巴和 Epson 阿爽早已放下了，又跳跳蹦蹦跟在兄弟身邊，當值去了。

「噢，又來了，那老人和金毛！」Baggio 小巴抽了一口氣，對 Epson 阿爽說。

「如果金毛背包裹有爆炸品，又為什麼搜不出來？」Epson 阿爽怎樣也猜不透。

Baggio 小巴和 Epson 阿爽剛要有所表示，警官們已經若無其事放行，免得老人又再哭叫，吸引記者們的注意了！

倒數第二天，那老人和他的狗又來了。

已經是熟客了，還有什麼問題？！

「阿伯，早晨！」

老人已經贏得了一眾警官的信任。

Baggio 小巴和 Epson 阿爽面面相覷，那股淡淡的爆炸品氣味，分明就從那頭金毛尋回狗背包裹傳來！

這天，Jeffrey 大飛剛好來接班，他早已聽聞

Baggio 小巴和 Epson 阿爽兩小子出醜的故事，本性陰險而邪惡的他本能地審慎，按兵不動，免背黑鍋，「畫花」自己良好的紀錄。

同日，記者報道在賽場遠處，發現鐵絲網被人在下面剪了一個洞，大得足供一個人爬過，狗當然沒問題。

警隊大為緊張，立即派人在破洞前駐守，但也不能禁止報章第二天大字標題寫道：「保安漏洞」四個觸目大字。

奧馬正式開鑼的一天。

嘩，場面熱鬧盛大得叫人暈眩。大清早，已有大批大批的觀眾乘着接駁巴士來到比賽場地，排隊準備進入賽場，人人情緒興奮，表現雀躍，幸而都按照指示排隊，魚貫進入賽場，秩序良好，香港人嘛，當然有文明的驕傲！

那邊廂，老人與狗又來了，今次，是從他的「家」向賽場方向走來的。

今天，Baggio 小巴和 Epson 阿爽被調到入口處工作，有傳言說是警犬老爸擔心兩小犬對老人與狗有偏見云云。

萬金之駒住所後方，則是由 Jeffrey 大飛負責。

那頭導盲犬未見影蹤，Jeffrey 大飛已經挺直身體，

高仰犬頭，耳尖跳動，抽搐着那濕答答的鼻頭，努力吸嗅，就好像空中正有一枚無影導彈激射而至般。

「來了！」Jeffrey 大飛機靈地上前攔截，攔在導盲狗的前面，阻止牠前進，繼而坐下示警——有炸彈！

「汪汪，你們為什麼總要為難我？不為難我證明不到你們的存在價值嗎？！」

導盲狗狂吼，他身上的炸彈並沒有應聲引爆，Jeffrey 大飛就知道，那不是聲控炸彈。

但 Jeffrey 大飛是飽經訓練的警犬，堅守「發現爆炸彈不許發聲」的守則。

導盲狗的背包明顯比平日所見的脹滿。

「今天天氣熱，多帶了兩瓶水。」老人說，沒人問他，他好像知道警犬示警了。

「是呀，阿伯，小心中暑呀。」好心地的 Madam 周提醒老人說，Baggio 小巴和 Epson 阿爽的「瘀事」，早已傳遍警犬隊，Madam 周也擔心 Jeffrey 大飛因為天氣太熱而犬鼻失靈，令自己中計，對 Jeffrey 大飛的示警心存懷疑，所以沒有立即理會。

「一個盲眼老人，能做什麼呢？」Madam 周想。

「小 Q，走！」老人下令道。

導盲狗小 Q 繞過 Jeffrey 大飛，發足前衝。

老人卻留在原地，和弟兄姊妹們談笑……

「喂喂，小 Q，人龍那邊！」老人抬頭喝令道。

Madam 周正心生奇怪：老人是盲的，怎麼知道他的小 Q 走哪一邊？對了，老人的聽覺真靈敏，聽見狗兒走路的方向。

就在這時候，正在入口處當值的 Baggio 小巴和 Epson 阿爽忽然雙雙拔足，全力衝向金毛導盲狗，Jeffrey 大飛在遠處叫道：「汪，短尾，no 聲控！」

好一頭 Baggio 小巴，只見他縮前腿蹬後腿，發揮跳彈牀的本領，伸腰彈起，拔起而上，一口咬住導盲狗的背包，阻止他前進。

好一頭 Epson 阿爽，也同時四足齊發，凌空飛撲，和 Baggio 小巴合力扯住導盲狗的背包，奮力把它扯脫。

那邊廂，Jeffrey 大飛像炮彈般飛出，從後面牢牢噬咬老人剛要伸進衣袋裏的右手……

一眾警官看得目瞪口呆，第一個反應是天氣太熱，警犬集體失常——

糟糕！闖禍了！闖大禍了！

警務處長要被記者「訪問」了！

警犬老爸要寫報告了！

警犬隊要集體向市民道歉了！

Epson 阿爽監視着金毛導盲狗。

Baggio 小巴銜着導盲狗的背包，交給洪 Sir，這時，金屬探測器的燈狂閃！

Madam 周立即上前，要搜查老人的衣袋，但老人左手推擋，不讓搜查，右手則努力要掙脫 Jeffrey 大飛的犬齒。

讓疑犯在犬齒下溜脫？ No way ！

他，一定是徒勞無功的！

只見 Baggio 小巴來一個轉身飛撲，和 Jeffrey 大飛一起咬噬住老人的右臂，把它硬拽下來，牢牢不放，就是不讓它插進口袋裏。

老人整個身體，被兩頭警犬拽倒地上，混亂中，老人的眼鏡脫落下來……

What ？！他不是盲的！他的眼睛是沒事的！

球 Sir 在老人衣袋中搜出了一個遙控器！

事態十分十分嚴重！

形勢十分十分危險！

忠心愚蠢的導盲狗小 Q 差點做了炸彈狗。

「小 Q 可能不知道自己做了炸彈狗 bomb dog，

背着炸彈。」Baggio 小巴説。

「他真可憐！只要老人遙控器一按，Bomb ！！！狗肉橫飛！」Epson 阿爽搖頭道。

「汪，喂，短尾，你們才可憐耶，又被冤枉又被罰的！」陰險而邪惡的 Jeffrey 大飛竟然懂得同情別人？尤其是對競爭對手！ Oh，God ！他轉性了嗎？

一眾警官滿臉滿身大汗淋漓，連褲子也濕透了，是熱出來的？還是嚇出來的？

「汪汪，阿爽，你猜，兄弟褲子上的是汗還是尿？」頑皮的 Baggio 小巴問 Epson 阿爽道。

「嘻嘻嘻，哈哈……」Epson 阿爽和 Baggio 小巴咧着嘴狂笑，Jeffrey 大飛也忍不住興奮地「汪汪汪」叫了起來。在靈敏的犬鼻下，什麼氣味能遁形？

偵查之下，老人原來並不老，外貌蒼老是用了易容術！怪不得 Baggio 小巴老覺得他腳步古怪，原來，他是在假裝老態龍鍾。

老人被捕，卻不卑不屈，慷慨激昂地歌唱道：

天堂大門常打開，開放懷抱歡迎你，

攜彈到來了不起，第幾次來沒關係，

天大地大都是朋友，請不用客氣，

毒氣彈藥帶笑意，只為等待你，

有夢想誰都了不起，有勇氣就會有奇蹟，

英雄，歡迎你！

We are ready ！

聲音是那麼的雄壯，神情是那樣的激昂，叫人心頭一凜。

無巧不成書，他姓「姜」，單名「獨」，誓要策劃恐怖襲擊，破壞和平。他原本奉命襲擊奧運，如遇拘捕，就要和警察同歸於盡！

聰明的讀者們，現在，你們不也為我們的警察和警犬隊捏一把汗嗎？！

搜爆三犬子立了大功，姊妹兄弟們答應他們：

「待奧馬結束之後，帶你們去跳障礙物和滾沙池。」

哇哇哇，還有什麼比這獎勵更好玩的呢！

今天，是警犬們最開心快樂的一天！不是因為立功，而是因為救了許多生命，做了大好事。

只是，奧馬尚未閉幕，警犬仍須努力。

第二天，報章報道：

警方逼前線警察以身試炸彈！

警方隱瞞發現炸彈事件！

警方只好連續發表聲明，澄清相關事件。

至於明明有股爆炸品氣味，怎麼就是搜不到的問

題：「原來這個背包被用含有炸藥燒開過的水浸過，所以透出淡淡的爆炸品氣味，狗鼻嗅得到，人鼻嗅不到，當然，人手也搜不到，分量也輕得儀器探測不到。狗鼻靈敏，能嗅到兆分之一的濃縮氣味。」鑑證科的同事報告道。

案情大白了，疑犯姜獨處心積慮策動炸彈襲擊，本來計劃是騙取警察同情和信任，讓他的「導盲犬」運送炸彈。第一步是先用含炸藥的開水浸袋子，讓布料吸收氣味，撲朔迷離的氣味，蠱惑警犬；第二步是在鐵絲網上剪開破洞，讓他的炸彈狗進入馬廄；第三步是他在遠處操作遙控器，引爆炸彈，Bomb！炸死那些萬金之駒！第四步是應變方案，炸不到賽馬便炸排隊人龍！總之，目的就是破壞奧運馬術比賽，製造驚天大新聞，吸引世界注意。

可惜，人算不如天算，他沒想到自己破壞的鐵絲網會被記者發現，引起警方注意。而最錯的是，他不了解犬，犬的鼻子有兩億個以上的嗅覺細胞，強烈得出人意表，靈敏得沒任何儀器比得上，而且，是永不休息的！不信？試試在我們睡覺時放一個漢堡包看看。

還有，喂呀，同事，我們是犬，警犬，那頭導盲的，才是狗呀！

第八章　中國的第一次

「警犬的鼻子是犬鼻還是狗鼻？」

這個問題在年輕的警犬羣中討論着。

「是狗屁！是狗屁！我呸！我呸！」快要退休了，Tyson 泰臣老大哥的火爆脾氣還是不改。

沙田馬場上，舉行着馬術運動比賽中最高貴優雅的「盛裝舞步賽」。

很少人知道，「盛裝舞步」原來是戰爭的產物，訓練戰馬提高牠的自然平衡和運動能力而來。馬匹天生懂得以挺胸、抬頭，抬高步法，來吸引異性，牠們要經過大約六年的訓練，才能夠和騎手融為一體，聽從指令，輕鬆鎮定地做出各種姿態優美的「地面騰躍步」，包括「直立騰躍」和「騰空躍起」，表現美態，使自己更加矚目吸引。

本性活潑好動的警犬們，知道被派駐沙田馬場，看「盛裝舞步」，都大表失望，說：

「悶死了！悶死了！」

「調我去粉嶺雙魚河吧，Please！」

他們其實不必介懷，無論在沙田馬場看「盛裝舞步」，或者在粉嶺雙魚河看「越野賽」，他們都只能在很遠很遠遙望，可能連馬尾也看不到。據說，舉辦當局擔心警犬的樣子會嚇怕了賽馬，使牠們不能集中比賽云云。

哼，簡直是……廢話！

我們的樣子，有什麼問題？我們有英俊的，有漂亮的，有荷蘭樣的，英國樣的，香港樣的，就是沒有什麼有問題樣的！

粉嶺雙魚河賽場上。

眾賽馬雲集，經過多日的養精蓄銳，匹匹精神抖擻，接受越野賽的挑戰。越野賽跟「盛裝舞步賽」和「阻礙賽」不同，是最刺激的賽事，在跳越時，接觸或碰跌障礙物，便要扣分，騎手墮馬，即立即「OUT！」

「冇得留低！」香港人這樣說。

「淘汰出局！」標準中文這樣說。

正式比賽日，警犬隊駐守在外圍，保衛馬賽順利進行。

林林總總的障礙物，陰沉地橫互俯伏賽道上，等待選手們，一個不留神墮馬，連人帶馬出局！

「汪汪，哇哇，我想試試跳看。」

喜歡跳彈牀的 Baggio 小巴，在安全搜檢時曾經見過那闊達兩米的「草蘆三顧」。體形巨大的「吉慶圍」障礙物，給他留下深刻印象，現在老遠看着馬匹跳躍，英姿颯爽，也興奮莫名，雀躍欲試。

洪 Sir 拍拍 Baggio 小巴的脖子，滿眼欣賞愛惜之情，當然囉，誤會、不信任、冤枉、懲罰人家這麼多次，也該好好補償吧。

「汪汪，哇哇，我們來比賽，敢接受挑戰嗎？」Epson 阿爽向 Baggio 小巴下戰書。

「怎樣？Epson，想去玩嗎？比賽完畢，和 Baggio 玩玩去。」球 Sir 話不多，但最懂 Epson 阿爽心意。

「有膽識，便去跳『五彩池』和『鯉魚躍龍門』啦。」Jeffrey 大飛故意刺激 Baggio 小巴，他史賓格犬，天生短腳，知道自己一定跳不過，使出激將法，刺激兩小犬跳奧運馬的比賽高度，想他們出醜。自從合力偵破炸彈襲擊後，Jeffrey 大飛明顯對兩小犬友善了，時常來逗他們。

安全檢查時，「搜爆三犬子」曾經一睹「五彩池」和「鯉魚躍龍門」陣的厲害。「五彩池」是障礙物前

面有一處低窪水池，容易令剛跳過一道不算高的障礙物的馬匹滑蹄折腿；「鯉魚躍龍門」則超闊，考驗馬匹跳躍的遠度。

還有蠱惑障礙物「豫園」和「臥龍」，在「豫園」前面是一道斜坡，馬匹在跳起前要先應付山坡的斜度；要跨越「臥龍」，則要掌握好角度和位置，用意在考驗馬匹的判斷力。

唉，總之，每一關，對賽馬和選手都是智力、體力的考驗，都是陷阱，是難關，很難，真的很難。

漸漸地，我們對那些身價值萬金的賽馬心生敬意了。

天上飄着濛濛細雨，地上路面濕滑，雙魚河賽場上烽煙四起。

清晨八時，許多香港夜貓子仍在夢中。

比賽已經開始了。二十世紀最佳騎手紐西蘭名將托得一馬當先，策馬跳過第一個障礙物「庭院屋頂」，拉開了越野賽的序幕。

賽道上名將揚鞭，手起鞭落，鞭鞭颯爽。

賽道上名駒奔馳，四蹄並發，步步驚心。

好一副駿馬騰飛圖！

披星戴月，凌晨四、五點從家中出發，前來佔據

有利位置的觀眾，身披雨衣，沿着賽道疾走，為選手吶喊助威，鼓勵聲、敦促聲、歡呼聲、驚叫聲、拍掌聲、頓足聲，此起彼落，全場沸沸揚揚，沸沸揚揚。

在欄杆外站崗的警犬，看到緊張處，也禁不住發出鼓勵的吠聲：「汪汪！汪汪汪！汪汪汪汪！」

九時三十分，中國騎手華天出場！

我們特別喜歡華天，不但因為他是第一個代表中國挑戰馬術的選手，更是因為他是香港出生的香港小子！

年輕英俊的小伙子，編號「29」，穿上跟中國國旗顏色相同的紅色上衣，配上潔白的馬褲，腳蹬黑色長筒馬靴。二零零五年，就是他的出賽，使國際馬術賽場地上第一次掛出五星紅旗，隨風飄揚。

「紅色是中國的顏色，也是我的底色。」華天説。

警犬們在遠處崗位上看到，年輕騎手微微彎腰，輕輕拍拍他的馬兒脖子，在牠耳邊說了些話，太遠了，現場也太吵，聽覺靈敏的警犬們即使豎直耳背，耳尖跳動，耳朵搧呀搧的，也只聽到一些聲音，聽不到真正的內容。這也難怪，騎手和他的愛駒耳語，私隱唄。

他策騎的是一匹全身白色，夾雜着一些淺棕毛的駿馬。

就是牠！

俊朗漂亮，一身毛色雪白，眼睛黑黑亮亮的，長長的睫毛一眨一眨，眼眶包着短短的淺棕毛，像美少女畫了眼線眼影；深棕色的嘴巴，配着淡淡的棕毛向上伸展，為白色的軀體增添了嬌媚；腳上包了腳腿，全身潤澤生光，在陽光下格外顯得貴氣。

警犬們當然都記得，犬類天生有很強的記憶力，更何況，他們是飽經訓練的警犬。

牠，就是當天在機場第一匹出現的「貴客」！

警犬們嗅到牠的氣味，認得牠的樣子，傾慕牠的俊朗不凡，深信牠能為中國爭光，他們興奮了，瘋狂了，發出「愛的鼓勵」的吠歌：

「汪汪！汪汪汪！汪汪汪汪！」

牠的名字叫「武松」！

年輕的中國騎手，為這匹英國名種馬，打下深深的中國烙印，給牠一個威猛的中國名字——「武松」！

打虎的英雄，祝你旗開得勝！

Epson 阿爽、Baggio 小巴和 Jeffrey 大飛，被安排在看得到「五彩池」的遠處崗位。除了奧運賽馬工作人員，任何人和犬，是不許走入賽地的，包括騎手華天的爸爸——華山在內。

許多聲音聒噪：

「不公平，我守在起點開外處，『嗖』的一聲，開跑了，連馬屁股也看不到！」

「有人偏心，Jeffrey，Baggio，Epson，永遠有好位置。」

「好位置？人家在馬廐熱風出口處熬了半個月！還差點吃了炸彈！」

「我要求編在看得到五彩池的精彩崗位，他就是不理會。」

「那當然，人人都有要求，他如何滿足？」

「搜爆三小子有什麼了不起？什麼重要崗位都由他們擔，當然容易『紮升*』啦。」

「制度有問題，黑箱作業。」

「有不滿，向上頭反映吧，發牢騷有什麼用。」

是安慰是煽動？是支持是利用？是為警隊着想還是另有所圖？到底是忠是奸？

誰忠誰奸，誰是誰非？

聰明的讀者，你們自己判斷吧，這樣高深的說話技巧，複雜的心態，我 Nona 露娜，作為資深警犬，

*紮升：廣東方言，升職之意。

仍然是怎樣也弄不明白。

九時三十二分，戰馬武松神態輕鬆，動作漂亮地躍過「熊貓遊戲場」、「花壇」、「虎山木」的障礙物，跑向「五彩池」。

昨天才颳完風，午夜才下過雨，今天地面異常濕滑，並不好跑。

好一個武松，龐大的軀體，出乎意料地表現灑脫敏捷，什麼障礙物，好像都難不倒牠。

「我也跳得過。」Baggio 小巴自忖道，「我跳彈牀跳得還要高。」

傻小子，他忘記了彈牀有彈力，助他升上半空！

就在這時，武松來了！

武松白色的馬毛空中飄揚，在綠茵的映襯下顯得分外醒目，馬蹄翻起地上的土塊，泥土飛揚，「得得」的馬蹄聲響亮清脆，聽在警犬們耳中，咯吱咯吱的，十分振奮！

牠跑到困難之王障礙物──「五彩池」了！

好一匹武松！沒有絲毫遲疑，縮蹄聳耳，飛躍五彩障礙，跨入前面深達五十厘米的水池中！

「嘩！好呀！」全場吶喊，掌聲雷動！

接着，只見牠，奮力再要由水中跳回地面！

　　牠自己不但要從水中躍回地面，還要帶着全身馬毛濕透水的重量，和背着身高一點八七米，重七十公斤的騎手華天！

　　「Oh，Oh，Mo Chung，How can you do it ！」Jeffrey 大飛看得如癡如醉，莫名其妙地説了他的家鄉英語。

　　説真的，這個「五彩池」，不單使馬匹耗時費力，還會造成馬蹄濕滑絆倒，實在十分危險；如果下雨，泥土濕軟，馬蹄跳出水面後，更會陷入泥中，到時，還要用力把馬腳抽出泥面，馬蹄沾了濕泥，便容易導致意外，可能輕則傷蹄，重則斷腿。

　　難度，跟 Baggio 小巴跳彈牀，唉！簡直有天淵之別！

　　就在這時候，「嘩」聲四起。

　　武松駄着華天，漂亮地躍過五彩池，在跨過八號障礙物「雨花台」時卻出現了意外！

　　近處遠處每一處，人人犬犬都瞪大眼睛看着驚心動魄而又揪心的一幕：

　　武松步伐明顯出現了凌亂，是躍過「雨花台」時前腳碰到障礙物，加上之前跨越「五彩池」時弄濕了蹄，武松在障礙物下水池後再上坡時滑腿了！只見牠

首先馬頭低下，接着踩地不穩，落地時左腿前伸，右腿屈曲。

這，這，叫「馬失前蹄！」

年輕的騎手頭下腳上的從馬背上重重地摔下來！左腳脫蹬了，右腿馬靴仍扣在腳蹬上！

武松繼續失控前衝，年輕的騎手巧妙地一轉踭，使自己的右腿脫了腳蹬，避免被拖曳前行，引致嚴重受傷。

武松失控，繼續前衝近二百米，然後慢慢地停下來，忽然一個轉身，折返跑回「雨花台」，在障礙物前幾米處不停繞圈，像要尋找主人。

現場工作人員立即上前牽走武松。

頓時，全場變得鴉雀無聲。

大家被這驚慄的情景懾住了！

一些人手上狂搖的鮮紅的五星紅旗垂下了！

有人哭了，為中國的第一次感到深深的遺憾！

年輕的騎手沒有哭，沒有鬧，鎮定而且敏捷地從草地上站起來，拍拍白色馬褲上的濕泥，第一時間離開賽道，這是大會規定。

工作人員將武松交給華天，年輕騎手輕輕拍拍自己那匹站起來的愛駒，拖着牠慢慢走到場邊，和來看

他出賽的父親深深擁抱，他神態自若，沒有露出深深的沮喪，或太多的難過，或自覺的羞恥。

警犬們情不自禁，又發出「愛的鼓勵」的吠歌：

「汪汪！汪汪汪！汪汪汪汪！」

「不知羞！不知羞！沒廉恥！沒廉恥！」Tyson泰臣狂吠道。

「馬失前蹄，人道毀滅！馬失前蹄，人道毀滅！」Tyson泰臣停不了嘴。

看來，Tyson泰臣看事物，永遠不會看到積極美好的一面，他年輕時還算是一頭「真的漢子」，年紀大了，卻變成「一條毒舌」。

「爸，武松掌握得很好，是我計算失誤，在下坡時發出錯誤指令，在落斜路段錯誤地把馬推出去，使牠沒有足夠空間及時間越過障礙物。」這位家族血液中流淌着馬術傳統的年輕騎手冷靜地說，自己做事自己擔當，果然是真的漢子！說這話時，他還沒忘記再輕拍安撫他的拍檔武松。

華天墮馬一刻，嚇得差點尖叫的華爸爸，這時見兒子和馬都平安沒事，已經鎮定下來，微笑地安慰兒子說：「孩子，你和馬都沒有受傷就好，這次好好吸取經驗。」

　　華爸爸知道，在賽場上要在半秒內作起跳、加速、收放馬的決定，實在是十分困難，對第一次代表國家出戰奧馬的小伙子，更是絕不容易。

　　華天，才十八歲耶！

　　「那一刻，正確的判斷只有一個，錯誤的卻有很多，今次，我就作了錯誤的決定。我對不起你，武松。」華天不停輕撫愛駒，對他說話。

　　彼此的情緒都沒有因一次失敗而掉到谷底，騎手如是，戰馬如是，滿懷期待的父親亦如是。

　　沒有緊張，沒有埋怨，沒有責難，只有愛的諒解、安慰和鼓勵。

　　好一個香港小子！

　　好溫馨的一幕父子情，令駐守在不遠處的我 Nona 露娜深深為之動容，我對孩子們說：

　　「孩子，你們也要好好努力！」

第九章　還有什麼？

「五彩池」，多美的一個名字，多令中國人傷感的三個字！中國的第一次，就在「五彩池」上失足了！

奧馬比賽結束了，「一失足成千古恨！」有人用這樣的句子作為中國第一次參加奧運馬術賽的結語。

奧馬曲終人散，「不過不失！」有人用這樣的句子作為我們警犬隊完成奧運馬術保安工作表現的評價。

「這公道麼？」有犬忿忿不平。

任務完成，我們回到沙嶺警犬訓練學校的犬舍，見到孩子們和其他同僚，大家都有如釋重負的感覺。

晚上，大家圍坐校場上，天上月朗星稀，雀鳥南飛，校場上吹起了陣陣晚風，一片寧靜，人和犬，都顯得異常沉默。

是享受着完成神聖任務的光榮？

還是咀嚼回味着從「地獄戰線」回來的感覺？

是奮戰過後退下的疲憊？

還是觀看激烈比賽後的沉思？

是看到中國奧馬第一次的結果的失望？

還是和武松華天心有同感的落寞？

我們警犬，在奧運馬術中有何感悟？

香港的第一次——籌辦奧運馬術比賽，其實香港做得十分成功。

香港警隊和警犬隊的第一次，負責奧運馬術賽保安工作，我們自問做得十分盡責，十分出色。

對我 Nona 露娜來說，世上，沒有什麼「一失足成千古恨」的道理，最重要的是不要放棄，繼續努力！

前面，還有什麼事情，可怕的血腥的罪惡，陰險的邪惡的生靈，在等待我們警犬隊？

以後，還是不是有温馨的深摯的家人的愛，團結的真摯的手足之情，來支持我們？

故事說到這裏，晴天霹靂的消息傳來：

警犬老爸要退休了！

警犬老爸要走了，不再管教我們了！

一直以來，我們都是他帶領的，照顧的，訓練的！

警犬老爸走後，我們怎麼辦呢？

以後的警犬生涯將會是怎樣的呢？

　　這是最挑戰的時候
　　這是最光榮的日子

　　這是最考驗的關頭
　　這是最豐收的季節

　　這是香港的第一次
　　　從來就沒嘗試過
　　這是警犬隊的第一次
　　　刺激好玩不可錯過
　　就是要做好中國的第一次
　　這機緣，歷史上哪曾遇過？

　　噢噢！奧運，我們歡迎你！
　　呵呵！奧馬，我們擁抱你！

　　舉辦奧林匹克運動會，是中國的盛事，是我們每一個中國人的喜事，辦好奧運，讓我們每一顆中國心緊緊地維繫在一起，同喜同歡同緊張同揪心。中國人的心，就是這樣團結起來！

香港真幸運，在奧運盛事中沾上一分光，做了舉辦奧運馬術比賽的主人，這可不得了，不但全城動起來，香港警察和警犬隊更要全情投入，警察部隊人犬不足，一方面要積極招募訓練輔警和輔警犬，加強保安隊伍；另一方面要和祖國的保安機構緊密合作，誓要保證奧馬不被任何人和事破壞。這期間，警察和警犬所承受的壓力和付出的努力，絕對應該讓大家知道，這是我寫這本《特警部隊3·搜爆三犬子》，要以奧馬保安為主題的原因。

　　大家都知道，關注社會現象，是領袖必備質素，但跟兒童少年談什麼關心社會的問題，只會使說者、聽者覺得沉重，所以我嘗試換一個全新的角度和手法，以警犬做主角，以犬眼看社會，以犬心感受人世間和動物界的種種：一樣充滿光怪陸離、矛盾衝突、喜怒哀樂，卻奇怪地變得曲折離奇，幽默風趣；而且，警犬在前線工作，用警犬的介入和利眼揭露社會的種種問題，就變成不但毫不說教，反而奇趣百出，十分吸引人；警犬的故事還說明了這一代孩子的成長環境是複雜的，孩子要對自己生活的社會有所認識，家長也要有所警惕。

　　兒童少年文學，得注意取材，一定要有益於孩子。源於生活但高於生活，源於社會但不流於媚俗，顧及孩子成長心理，有助提升素質，以趣味性的手法反映社會和兒童少年的生活，有助成長，是我一貫的寫作宗旨。香港警犬的故事就是這樣一個信念下的作品，《特警部隊1·走進人間道》和《特警部隊2·伙記出更》，深受歡迎，希望

大家也喜歡這本《特警部隊3‧搜爆三犬子》。

在此，謹多謝我的好朋友香港警犬隊前高級督察吳國榮先生，即小說中的「警犬老爸」，本書提供了許多真實寶貴的資料，讓我寫來繪形繪聲，小說中人物動物躍然紙上。

我要特別多謝香港立法會議員葉劉淑儀女士賜序，她曾任保安局局長，更曾領養了兩頭警犬，對香港保安和警犬工作自然十分熟悉，得她在百忙中為本書贈言，實在是我莫大的榮幸。

當然，新雅文化事業有限公司常務副總經理尹惠玲女士和編輯部經理甄艷慈女士的賞識和支持，為這套《特警部隊》系列的再版付出不少心血，令我銘記於心。

徐慧玲

（寫於 2010 年）